प्रत्यक्षा

प्रत्यक्षा हिन्दी और अंग्रेज़ी दोनों भाषाओं में लिखती हैं। अब तक दोनों भाषाओं में उनकी बारह किताबें छप चुकी हैं—'जंगल का जादू तिल तिल', 'पहर दोपहर ठुमरी', 'एक दिन मराकेश', 'तुम मिलो दोबारा', 'तैमूर तुम्हारा घोड़ा किधर है', 'बारिशगर', 'ग्लोब के बाहर लड़की', 'नैनों बीच नबी', 'जाल', 'पारा पारा' (हिन्दी); 'Rain Song', 'Meet Me Tomorrow' (अंग्रेज़ी)। 'Her Piece of Sky', '1984 In Memory and Imagination', 'Other Windows : The Sangam House Reader', 'In Your Shoes', 'She Stoops to Kill' में उनकी अंग्रेज़ी कहानियाँ संकलित हैं। अंग्रेज़ी में लिखी उनकी कविताएँ 'Pyrta', 'कृत्या' और 'Everyday Poets' में प्रकाशित हैं। कुछ पेंटिंग्स 'The Four Quarters Magazine', 'हंस' और 'कृत्या' में प्रकाशित हैं। उनकी तीन कविताएँ 2013 में 'रेडलीफ पोएट्री अवार्ड' की लॉन्ग लिस्ट में शामिल रहीं और फिर वे उनकी एन्थोलॉजी 'The Unsettled Winter' में प्रकाशित की गईं। 2014 में नॉर्वे के अन्तरराष्ट्रीय लिटरेचर फेस्टिवल बियोर्नसन फेस्टीवालेन में सहभागी रहीं। 2015 में संगम हाउस रेसिडेंसी की फ़ेलो रहीं।

उन्हें 'सोनभद्र कथा सम्मान' (2011), 'इंडो नॉर्वेजियन पुरस्कार' (2012), 'कृष्ण बलदेव वैद फ़ेलोशिप' (2013), 'हंस कथा सम्मान' (2018) और 'वनमाली विशिष्ट कथा सम्मान' (2024) से सम्मानित किया गया है।

पावरग्रिड में मुख्य महाप्रबन्धक वित्त की हैसियत से कार्यरत रहीं प्रत्यक्षा फ़िलहाल इंफ्लूएनसेबल टेक में प्रबन्ध निदेशक हैं।

ई-मेल : pratyaksha@gmail.com

अतर

दुनिया में क्या हासिल

प्रत्यक्षा

राजकमल पेपरबैक्स

राजकमल पेपरबैक्स में
पहला संस्करण : 2024

राजकमल पेपरबैक्स : उत्कृष्ट साहित्य के जनसुलभ संस्करण

राजकमल प्रकाशन प्रा. लि.
1-बी, नेताजी सुभाष मार्ग, दरियागंज
नई दिल्ली-110 002
द्वारा प्रकाशित

शाखाएँ : अशोक राजपथ, साइंस कॉलेज के सामने, पटना-800 006
पहली मंजिल, दरबारी बिल्डिंग, महात्मा गांधी मार्ग, प्रयागराज-211 001
1, अनमोल सोराबजी सन्तुक लेन, धोबी तलाव, मरीन लाइंस, मुम्बई-400 00

वेबसाइट : www.rajkamalprakashan.com
ई-मेल : info@rajkamalprakashan.com

यश प्रिंटोग्राफिक्स
नोएडा-201 301 (उत्तर प्रदेश)
द्वारा मुद्रित

मूल्य : ₹250

ATAR
Stories by Pratyaksha

ISBN : 978-93-6086-482-8

प्यारी व्हिस्की के लिए
जो ये कहानियाँ तो नहीं पढ़ सकती पर जिसकी मासूम मोहब्बत ने
दुनिया को देखने की बेहतर मीठी नज़र दी है

क्रम

अतर

पतली-सी गली थी जहाँ घर एक-दूसरे से सटे पड़े थे। खिड़कियाँ और छज्जे इसी गली में झाँकते जैसे अब गिरे तब। औरतें इन्हीं छज्जों से लटक, इन्हीं खिड़कियों के पल्लों से झाँकते एक-दूसरे से गपियातीं। तो कोई जो इस गली से गुज़रता उसके सर पर गप्पों और नमक-मिर्च अफवाहों का चँदोबा तना होता। राहगीर ऊपर तकते मुस्कराते। गर तो इसी मोहल्ले का बाशिन्दा होता उसे ऊपर देखने की ज़हमत न उठानी पड़ती। आवाज़ से मालूम पड़ जाता कि कौन कह रहा है। अजनबी राहगीर जबकि ज़रा उत्सुकता से एक नज़र ऊपर फेर लेते, मुस्कराते निकल जाते।

फिर बिना किसी जासूसी के ये पता लग जाता कि शकूर की बीबी ने भेड़ का शोरबा पकाया है, याकि मोहसिन की अम्मी ने रात के लिए सेवइयाँ पकाई हैं, या फिर दस साल के गफूर मियाँ पतंग उड़ाते छज्जे से गिर सर तुड़ा चुके हैं, या ये कि किरपा के सन्निपात बुख़ार हुआ पड़ा है। ये भी सबकी जानकारी में था कि फरिया का

मियाँ दुबई गया और ये कि सुबूही का ब्याह किसी दूर देश के लड़के से तय हुआ जहाँ से जब एक दफ़ा मिलने आया था तो एक अजीब सा अतर लेकर आया था।

अबान ख़ूब लम्बा ख़ूबसूरत जवान था। उसके चेहरे पर हल्की भूरी दाढ़ी थी और आँखें, माशा अल्लाह! ऐसी आँखें जो न जाने किस दुनिया में खोई आँखें थीं। ताई अम्मा बुड़बुड़ाती हैं, जैसे ख़ुद ही कहीं गुम हो आया हो।

नुसरत, सुबूही की अम्मा जानी चेहरा सिकोड़कर चुपके से एक कोने थूकती-फूँकती, बला टालतीं, निगोड़ी ताई अम्मा मेरी बन्नो की क़िस्मत से जलती हैं, मरें मेरे दुश्मन, खोएँ मेरे दुश्मन।

लेकिन पहली दफ़ा जब सुबूही ने ये सुना उसके शरीर पर एक सिहरन दौड़ गई थी। अबान की नज़र उसे याद आई थी, भेदती, टटोलती, जानकार नज़र जैसे उसके आर-पार की ख़बर उसे हो गई हो।

अबान दूर के रिश्ते में था, या शायद दूर के रिश्ते के किसी का साथी। ये तार इतना पेचीदा था कि रिश्ते को साफ़-साफ़ चीन्ह लेना एकदम मुश्किल। उसके लिए ज़मीन में किसी लकड़ी से पूरा नक़्श बनाना कि ये रहे अलाँ और इनकी बेगम फलाँ, उनका बेटा ये, उसकी साली वो, साली के शौहर की चाचाजाद बेटी की मुमानी जिस गाँव में ब्याही...ऐसे ऐसे ऐसे, और फिर सब इतना गड्डमड्ड हो जाता कि कौन बेटी, कौन मुमानी, किसकी खाला, किसके भाई। सब तार उलझ जाते।

फिर अबान।

अबान तो था ऐसा कि जाने किस जहाँ की धूल फाँक आया हो और उस दूर देश के नज़ारे अब भी उसकी आँखों में ऐसे बसते

हों कि इस जहाँ के नज़ारे सब बदरंग फीके हों। वो चुप-गुम अपने में खोया रहता और बहुत कुरेदे जाने पर हूँ हाँ में जवाब देता। सुबूही का दिल किसी गहरी खाई में पत्थर की तरह जा गिरा था। हाय, ये कैसा आदम जात उसके हिस्से पड़ना था, यही जो उसे देखता न था! जाने कौन जहान की छाया उसकी नज़रों में डोलती थी। लेकिन एक बार उसकी नज़र किसी बाज की तरह उसके चेहरे पर पड़ी थी, जैसे आग की लहक हो, जैसे अबान ने उसे दाग दिया हो, तुम मेरी हो। उफ़! क्या था उस निगाह में? कितनी दफ़ा सोचती है सुबूही पहचान ले उस नज़र को? मोहब्बत थी, हिक़ारत थी? पा लेने की शिद्दत थी? क्या थी आख़िर?

और ऐसा नहीं था कि सुबूही बुरी थी दिखने में। अच्छा ठीक कोई हसीन न थी, पर उसकी गन्दुमी रंगत में एक ऐसी रोशनी झलकती कि उसका चेहरा किसी नूर-सा दमकता। उसकी आँखें ज़रा फैली-सी थीं और उनकी पुतलियाँ ऐसी भूरी हरी कि लगता कोई हैरान, दुनिया को अचरज से देखता हिरण का बच्चा हो।

जवान जहान लौंडे पलटकर उसे देखते ज़रूर थे। सारे। जब वो मदरसे को जाती, कभी दर्ज़ी से कढ़ाई-कसीदा करवाने, या किसी गुइयाँ सहेली के ठिकाने। बुर्का ओढ़ तो लेती पर चेहरा खुला रहता। आख़िर उसी का मोहल्ला था, उसी की अपनी दुनिया। जहाँ पैदा हुई, पली-बढ़ी, जहाँ हर कोई खाला, ताया, चचा, भाई थे, आपी, बाजियाँ। सब अपने थे।

और हर घर दूसरे से जुड़ा था आँगन सहन से, छतों की दुछत्तियों से। और कई बार किसी के घर जाने के लिए गली में निकलना

क़तई ज़रूरी न होता, बस आँगन की दीवार में जड़े किवाड़ से पड़ोस में और उससे फिर अगली में जाया जा सकता। तो तुर्रा ये कि हर मकान की साझी दीवार थी और हर घर दूसरे में खुलता। इस तरह सब ख़रगोशों के बिलों की तरह एक-दूसरे के संग-साथ रहते। ऐसे उनकी ज़िन्दगियाँ भी दूध में रूह-आफ़ज़ा की तरह घुल गई थीं। उनके बच्चों की एक-दूसरे से शादियाँ हो जातीं और कई पुश्तों से ये होता आया था कि अब किसी का दूसरे से रिश्ता निकालना बड़ी मगज़मारी थी। कोई किसी का मामू और भाई एक साथ हो जाता, कोई मुमानी, आपी, खाला। किसी का किसी से एक सीधा इकहरा रिश्ता नहीं था। उसमें दस उतार-चढ़ाव और पेंचोखम थे।

ऐसा होते हुए लेकिन ये कोई ज़मानत न थी कि सब मीठा सुबुक ही रहेगा। जो नदी भीतर-भीतर बहती थी वो हमेशा मीठी नदी नहीं थी। कभी उसमें दोज़ख़ की गन्ध भर जाती। उसमें गाढ़ा अँधेरा मचलता, उससे एक बू उठती। ऐसी सड़ी हवा का भाप उठता जैसे शैतान ने ही ख़ुद मूत दिया हो। पर कभी न जाने क्यों एक मीठी ख़ुशबू भी तिरती आती, ताज़े फूलों की सब्ज़ महक, लोबान की पाक सुगन्ध।

उस घर में ऐसे कई गुप्त कमरे थे जहाँ अँधेरे और मकड़जाल का राज था। ये कमरे तालेबन्द थे और सदियों से यूँ पोशीदा थे कि अब घरवालों को याद तक न था कि घर में ऐसी कोई जगह भी है। कोई भूत-जिन्नात था जिसने अन्दर की सब हवा को निगल लिया था और अम्माएँ बच्चों को डरातीं, ख़बरदार जो उस तरफ़ देखा भी।

गर कोई बच्चा उधर भटक गया तो तुरन्त मुट्ठी-भर लाल मिर्च आग पर जलाकर, उसकी ढाँस वाली हवा को बच्चे के सिर पर वार कर बलाएँ टाली जातीं।

बलाएँ जाने कहाँ जातीं पर पूरा घर खाँस-खाँसकर बेदम बेहाल हो जाता।

ये कमरे आख़िर बने भी क्यों थे, कब थे? किसलिए? और ऐसे ताबूत से बन्द भी किसने किए, क्यों किए आख़िर?

सबसे उम्रदराज़ सौ बरस की बीबी थीं। शायद उन्हें ही पता था। और उनसे कुछ निकलवा लेना नामुमकिन। कोई पूछ ले तो अपने कान ऐसे ढँक लेतीं जैसे पिघला सीसा डाल दिया हो किसी ने। फिर ऐसे झूमतीं जैसे कोई जिन्नात सवार हो गया हो। उनकी आवाज़ फुसफुसाती-बुदबुदाती आती, जाने कौन रहस्य का खुलासा करती हों, पर कान सटाओ तो समझते कि, ओ अच्छा! क़ुरान की आयत बुदबुदा रही हैं।

कभी-कभी जब होशमन्द होतीं, तो साफ़ टनक आवाज़ में कहतीं, उफ़! क्या हौलनाक समय था। सबको मारकर कमरे में ठूँस कर जला दिया कमबख़्तों ने, उन कमरों में मौत है, जली हड्डियाँ हैं, दीवार जले राख हैं, मौत की चीख़ है। मत-मत खोलना वरना उस कमरे में बन्द शैतान निकल आएगा, हम सबको लील लेगा।

हड्डी कँपाती आवाज़ में बीबी ऐलान करतीं, उसके बाद ऐसे झूमतीं जैसे जोग चढ़ा हो, फिर अचानक से रोने लगतीं, सूखी-सी रुलाई जिसमें आँसू न गिरते बस चेहरा ओड़मोड़ होता; जैसे बदन से जान निकलती हो।

फिर एकदम अचानक से हँसती-गिड़गिड़ाती मिन्नतें करतीं, ऐ निगोड़ियों कुछ खाने को तो दो, महीनों से कुछ मीठा नहीं खाया, ऐ लड़की जा भाग। जल्दी से, ला दे मुझे मीठे चावल, फिरनी, शीर खुरमा, शीरमाल, बाकरखानी। उँगलियों पर नाम गिनातीं, ऐसे जैसे कोई बच्चा पहाड़ा रटता हो।

फिर ऐसे भूख में सुबकतीं जैसे महीनों से खाया न हो जबकि सचाई ये थी कि आधे-एक घंटे पहले ही दम भर खाकर उठी थीं।

बीबी की भूख उनके जिस्म के उलट बड़ी भारी और दमदार थी। वो दिखती तो सूखे छुहाड़े-सी जैसे सब पानी सोखकर निचोड़ दिया गया हो, और अब शरीर सूखे दरार पड़े ज़मीन-सा ऐंठा, सूखा, बंजर हो गया हो। लेकिन बीबी के पास कहानियाँ क़िस्से थे, शहरजाद के हज़ार रातों से भी बढ़कर क़िस्से। एक-से-एक, जादू भरे, एक-से-एक ख़ूबसूरत जवाँमर्द और हसीन बेगमात के, ऐसे नवाबों और बादशाहों के, इस मुहल्ले और घरों के भीतर सात पुश्तों से छुपे राज़ों के। ये और बात थी कि अब ज़हन पर जाले तारी हो गए थे और कोई भी क़िस्सा समूचा-साबुत उनके पास बचा न था।

सुबुही उनके पास दिन में कई बार बैठती, जब-जब काम से फ़ुरसत होती तब-तब। क्रूस से सफ़ेद झाग-सा लेस बुनती और बीबी की बुदबुदाहटों पर धीमे मुस्कराती, ऊपर आसमान देखती और फुर्र से उड़ जाती। ये आसमान का टुकड़ा भी वैसे साबुत-समूचा कहाँ था। नीले पर बिजली के तारों का ताना-बाना था। फिर एक तरफ़ वो विशाल पीपल का पेड़ था जिससे दिन-भर पत्तियाँ झरतीं। जैसे कोई धीमा राग गिरता हो, जैसे कोई बजाता हो दिलरुबा और उसके सुर

नाचते-गिरते बड़े धीमे बड़े धीमे। फिर दिन-भर आँगन बुहारना पड़ता। सुबूही धीमे गाती बुहारती जैसे नाचती हो। परिन्दे चहचहाते शाखों और फूलों पर उतरते मानो साथ संगत देते हों।

आँगन की चारदीवारी सफ़ेद से पुती थी और धूप चकत्ते में पीपल के पत्तों से गुज़रता ऐसे गिरता कि सब नया नकोर हल्का होता, उजास से भरा, एक ठहरती सिमटी हुई ख़ुशी, जैसे ये पल कभी न गुज़रते हों इस इफ़रात समय में। भीतर के ठंडे पत्थरों और भारी लकड़ी की दीवारोंवाले दमघोंट कम्बल-से अँधेरों से कितना अलहदा।

दिन-भर काम में फँसी सुबूही अबान को सोचती। उसकी आँखें ऐसे मुँदी छुपी क्यों थीं। क्या था उसके भीतर? सौ तालों में ढँका?

अबान से उसे उस अतर की याद आती जो वो लाया था। कितना गाढ़ा, तिलिस्मी, जादुई और सबके ऊपर जैसे किसी गुनाह से उपजा हो, कोई पोशीदा-सी बात हो। उसकी ख़ुशबू ने रेशम साटन-सी कसीदाकारी उसके दिल पर कर दी थी, जैसे मन्तर फूँका हो और उसका एक रेशा धुआँ था एक कतरा रात का घना साया था। उसमें एक परत मोहब्बत का जज़्बा था और सौ सूत तलब थी। और सब के ऊपर उसकी पागल कर देनेवाली दीवानावार ख़ुशबू थी जो जाने किस गर्त से आती थी कि बेहोश कर देती, सिहरा देती, ऐसे उम्मीद से कि उफ़, ऐसी ख़्वाहिशों से जिन्हें कभी सोचने तक की तवक्को न की हो, रात की गहरी नींद के सपने तक में देखा न हो। उसका शरीर भारी हो जाता, जैसे कोई गाढ़ी शराब उसकी शिराओं में बह रही हो, उसका चलना मदहोशी का आलम था। लगता उसका बदन बह जाएगा, उस तरफ़ जहाँ वो सुगन्ध है, कोई खींचे लिये जाता

था। जाने किस स्याह जादू भरी दुनिया में जहाँ आवाज़ फुसफुसाती, आओ-आओ जानेमन आओ। और इस शिद्दत से उसे 'वहाँ' होना था, कि वहाँ बस अब इसी समय 'यहाँ' हो जाए, बस अभी इसी समय, वरना वो हज़ार टुकड़ों में टूट-बिखर जाएगी, जैसे एक स्याह नदी, रेशम-सी उसके भीतर बहती थी। और चूँकि इस नदी की ज़द उसे मालूम न थी, उसकी ताक़त डरावनी थी, सुबूही ऐसी बेचैन जान हो जाती, कि बेचैनी उसके भीतर किसी चील-सी ऊपर-ऊपर चक्कर काटती तीखी तेज़ कटार होती जाती।

अब उसे बीबी के बगल बैठा न जाता। वो क्रूस चलाते सुकून बिनना कहाँ गुम हो गया था, अम्मा के साथ रसोई में बड़े देग में गोश्त और बगेरी पकाते अम्मा की लगातार बुड़बुड़ पर मुस्कराना गुम हो गया था। सिर्फ़ जब वो दालचीनी और लौंग कूटती तो दरदरे टूटते मसाले से उठती ख़ुशबू उसे वहीं ले जाती जहाँ अबान था, जहाँ अतर की कस्तूरी जान थी।

उसके पास एक अतर का डब्बा है, अतरदानी, चन्दन की लकड़ी का जिसके नक़्क़ाशी पीतल के सुनहरे तारों के हैं और कोने संगमरमर के। उसके भीतर नीले साटन पर इत्र की शीशियाँ सोती हैं। जब अतरवाला आता, सुबूही सबसे पहले भागती, इस बार कौन-सी नई ख़ुशबू लाए हैं बाबा मियाँ।

बाबा मियाँ सफ़ेद दाढ़ीवाले बुज़ुर्ग थे। बड़ी दूर से आते थे जहाँ समन्दर भी था और पहाड़ भी। उनके ठिकाने के पास देवदार,

बेयार, शेगुल, बन पीपल, कनूर और बांज के ऊँचे पुराने दरख़्त थे। और इन सबकी ख़ुशबू का अर्क वो अपने साथ लिये आते, केसर, अखरोट, अंजीर, चिलगोज़े और रसभरियों की महक उनकी अतर में घुसपैठ करतीं। समन्दर के झाग की नमकीन हवा, समुद्री वनस्पतियाँ, शंख और भीगा रेत बवंडर मचाते, लहरों की गर्जन, मछलियों का तैरना, कछुओं की साँस, गुलाबी सेंधा नमक समन्दर से निकलकर अतर में समा जाता।

और जैसे-जैसे वो इत्रदानी खोलते एक-एक करके, जमा हुए लोग उस जगह पहुँच जाते। जहाँ हवा साफ़, ठंडी और कुरकुरी थी, जहाँ फिज़ा मीठी और मासूम थी, जहाँ फूल और पत्तियाँ त्वचा पर खिलती-खिलखिलाती थीं।

ये रहा गुलाब, और ये सुर्ख नारंजी, और ये रहा फ़िरदौसे अतर, और ये...आवाज़ उनकी भारी हो जाती, बाँहें खुल जातीं, जैसे जन्नत को आगोशवार कर रहे हों, अल हरमैन, जन्नते फ़िरदौस, ये कस्तूरी, ये मुश्के हिना, ये ज़र्दे आफ़ताब, बलूत, ये फ़ारसी शिफायत, ये ईरानी गुलयास, और...उनकी आवाज़ अब फुसफुसाती...जैसे कोई नाटक का अहम पार्ट अदा होना हो...। ये रहा सुफ़ैद धतूरा...अफियुन काफूरी।

कभी उनका एक इत्र न बिकता, कभी अब्बा मान जाते तो सुबूही अपनी पसन्द की उठाती कुछ। धीरे-धीरे साल-दर-साल उसकी अतरदानी भरती गई। नन्ही शीशे की हीरे कनी-सी चमकती इत्रदानियाँ जिसमें सब्ज़, फिरोज़ी, सुर्ख़ अतर झलमलाता। इन पारदर्शक झिलमिल शीशियों में जुगनू चमकते, तारे चमकते, याक़ूत और ज़मुर्द की कनी लश्कारा मारती।

सुबूही महक जानती थी। सचमुच जानती थी, उसका रेशा-गोशा पहचानती थी। उसको ख़बर थी कि उस इत्र में क्या सामान गया है, उसे पता था कि उन सामान का असर कितना मारक है। हाँ, उसे महक की पहचान थी, उसकी हर हरकत-मुरकत को जानती थी, उसके अँधेरों-उजालों को देख सकती थी, हर ख़ुशबू से बात कर सकती थी, जैसे दरख़्तों-फूलों से बात करती, वैसे महक को छूती सूँघ सकती थी, ज़ुबान पर उसका स्वाद चख़ सकती थी।

रात होते ही सुबूही एक-एक करके इत्रदानियाँ खोलती, हौले से नाक के पास अपने होंठों के ऊपर फिराती। हरेक इत्र अलग था, हर एक ख़ास था, पर कोई भी अबान के लाए इत्र सा नहीं था।

अबान का इत्र अलग दुनिया से था जो न जन्नत था न दोज़ख़। बीच रात जब चाँद टहनियों पर झुक खिड़कियों के रास्ते कमरे में झाँकता, तब सुबूही उस अतर को निकालती, अपनी कलाइयों के उस नब्ज़ पर धरती जहाँ से उसका दिल जुड़ा था, अपने कान के पीछे की उस नाज़ुक छुपी जगह पर मलती, अपनी कुहनी के भीतर उस नन्हे गड्ढे पर टपकाती, फिर इन्तज़ार करती। एक सुलगन-सी लहक उठती, जैसे लोहबान जला हो, उसका धुआँ छल्ले बनाता उठता और उसके बदन के हरेक पोर, त्वचा का हर इंच, उसके बदन के हर गुप्त कोनों-अतरों से भीतर सेंध लगाता ढक लेता।

फिर हर सुराख़ के भीतर बहता, उसके नाक के भीतर पहले, फिर त्वचा के भीतर किसी नदी-सा बहता और फिर एक ऐसा धमाका

होता कि उसकी चीख़ निकल जाती। उसको पटक डालता, उठाता गिराता, धमाल मचाता, उसके भीतर सब चीथड़े करता किसी बन्दूक़ की गोली-सा दनदनाता फट पड़ता। उसके भीतर एक लावा दहकता, सुर्ख़ लाल और फिर उसी तेज़ी से एक ठंडा नीला ग्लेशियर सब जकड़ने लगता। फिर रंगों की बरसात होने लगती, हर रंग क़ुदरत के अलग ख़ुशबू की आयाम बिखेरता।

दहकता जंगली आग-सा, शैतान, नटखट, रंगीला, चंचल, कामुक। हर एहसास को वो अपने भीतर गुज़रने देती एक के बाद एक, कभी सब साथ, और जब ये वक़्फ़ा गुज़रता, तब ख़ुशबू उसके कानों में दाख़िल होती।

तब उसे परिन्दों के रात को रोने के स्वर सुनाई देते, हाथियों के चिंघाड़ने के, आदिवासियों के पूरनमासी की रात को नगाड़े बजा कर रूहों के आह्वान के, लहरों के गरज़ने के, व्हेल मछलियों के गाने के, हवा के किसी चुड़ैल की तरह बीच दोपहरी के सुन-सनाट में चीख़ने के, पेड़ों के जंगलों में रहस्यमय फुसफुसाने के, भीगे फिसलन भरे, सालन के देग में उबलने के, खुली आग के चरमराने के, और सूफ़ियों के नात गाते किसी आदिम तन्द्रा में चले जाने के और जैसे इतना काफ़ी न था, ख़ुशबू उसकी आँखों में झिरमिराती और फिर उसे सिर्फ़ समा में नाचते जुनूनी दरवेश दिखते।

फिर वो भी उन्हीं में एक हो जाती, गोल-गोल नाचती बेकाबू बेहोश और फिर वो उसके होंठों को सहलाते उसकी जीभ पर ठहरते, उसके मुँह में आबे हयात का स्वाद होता, इतना तीखा फिर भी कितना मुलायम, हल्का-हल्का जैसे कोई नूर, झलमलाता जैसे मलमल, फिर

भी गाढ़ा जैसे शहद और अन्त में वो उसके बाग़-ए-बहार को छूता, मुलायमियत से जैसे झिझकता अन्दर आता हो। उसका मीठा कुआँ, उसकी गेहूँ की बाली, उसकी हरियर नर्म सरसब्ज़ मिट्टी, उसका भीतर का जगमगाता कोहेनूर। उसका शरीर किसी दर्द के ऐंठन में और किसी ऐसे लज़्ज़त से बलखाता जैसे ये दुनिया यहीं ख़त्म हुई और दूसरी का झलक दिखता हो। दर्द किसी तीखेपन से उसे पहाड़ की चोटी पर ले जाकर पटक देता है।

वो इस दर्द की लहर पर नाचती-नाचती-नाचती किसी सुरूर के लुत्फ़ पर सवार झूमती है, रेशम, साटन, मलमल के तितली पंख से धागे और जबकि रात की स्याह चादर करोड़ों तारों से जड़ी है। उसका बदन धड़कता है, एक लहर फिर एक और फिर एक और। दालचीनी किसी ने धुआँया है, बलूत जलाता है कोई, आग रात में पीली गरम सुलगती है। उसका बदन ऐंठता है, एड़ियाँ कितनी दहकती लाल हैं, चेहरा कितना तमतमाया दमकता है, उसका बदन, उफ़ कितना-कितना गर्म है, कितना-कितना नदी है, लज़्ज़त के उस मुहाने पर खड़ी, उसके भीतर की चिड़िया एक अन्तिम उड़ान भरती है।

ओह! कैसी थकान है, पसीने और अतर की ख़ुशबू उसके शरीर पर चिकना कर फैली है। नींद गाढ़ी है, अचानक गिरती है, अपने आगोश में दबोचती उसकी पलकें बन्द करती, जैसे कोई आशिक़ बाँहों में समेट लेता हो। बिन सपनों की बेहोश नींद। और जब भोर का झुटपुटा होता है वो देखती है ख़ुद को उस कमरे के किवाड़ खोलती, जो सौ बरसों से बन्द पड़ी थी। वो दाख़िल होती है और तुरन्त से कमरा उसे भीतर सोख लेता है। उसका बदन टुकड़ा-टुकड़ा

टूटता, क़तरा-क़तरा समाता कमरे के बीच-ओ-बीच खिंचता है। ये अबान ही था जो उसे खींचता बुलाता था। ये कमरा लज़्ज़त का था, शहवत का, बीबी ठीक कहती थीं, यहाँ शैतान का ही तो रहवास था, पुर शहवत शैतान।

नुसरत को आश्चर्य होता है। आज इस लड़की का रवैया कुछ फ़रक़ है। कुछ है जो उसकी नज़र में आता है फिर ओझल हो जाता है। दिन-भर माथे में एक कील जड़ा उसे परेशान करता है।

फिर बीबी के पास बैठती नुसरत कहती है, बीबी आज जी हलकान है, अच्छा नहीं लग रहा।

बीबी दाएँ-बाएँ झूमती कुछ नहीं बोलतीं।

बीबी सुबूही की बात है।

बीबी अब भी झूमती हैं।

नुसरत कुछ देर बैठती है, उसका माथा चिन्ता के सलवटों से सजा है। फिर एक आह भरती उठ जाती है। सुबूही के अब्बा से तो इस बात को करना ही बेकार है, मर्दों को ये बातें कहाँ समझ में आती हैं, मोटी खोपड़ीवाले, औरतें फ़रक़ होती हैं, उनके भीतर जो दिल धड़कता वो किसी दूसरे संगीत पर थपकता है। उन्हें तब भी संगीत सुनाई देता है जब कुछ न बजता हो।

उन्हें बंजर चट ज़मीन में भी पानी मिल जाता है, सूखे में वो अनाज तलाश लेती हैं, काली अँधियारी रातों में भी उम्मीद की किरण देख लेती हैं। वो खौफ़ज़दा माहौल में सुकून बोती हैं, दर्द में मरहम

होती हैं, वो पूरी कायनात की दुश्वारियों और ख़ुशियों का कोहसार होती हैं। तो इस तरह वो मुक़द्दस और सज़ायाफ़्ता दोनों एक साथ होती हैं।

दिन बीतते हैं, एक-दूसरे में घुलते-मिलते, बिना रुके, बिना बदले कि हर दिन बिलकुल एक-सा बीतता है और सारे दिन एक लम्बी यकसां चादर में तब्दील हो जाते हैं। सब कुछ बिलकुल वैसा ही है जैसे होना चाहिए। खाना पकता है, घर की साफ़-सफ़ाई होती है, कपड़े धुलते हैं, आँगन बुहारा जाता है। फिर भी ये बीतता बहता नदी दिन जो ऊपरी सतह पर शान्त पुरसुकून दिखता है, भीतर क्या तूफ़ान छिपाए है, कौन जाने। और पहली बार इस तूफ़ान से अनजान है नुसरत। कुछ है का अन्देशा है पर क्या है की बेचैनी है। किससे कहे किससे बाँटे ये हौल दिल।

बस बीबी बाहोश होतीं उनमें ज़ेहनी सफ़ाई होती, काश, फिर तो कोई मसला मुश्किल न था, सब उनके मशवरे से ठीक कर लिया जाता। बीबी तो सब जानती थीं, सौ परत भीतर और पेट के अन्दर पेंच को पकड़ लेतीं। फिर ताबीज़ बनातीं जिसका ऐसा असर होता कि सब परेशानियाँ उड़न छू हो जातीं। पर अब तो बीबी चन्द लम्हों को होश में आती हैं।

नुसरत फातिहा पढ़ती है, बिस्मिल्ला-हिर्-रहमा-निर्-रहीम या अल्लाह ये जो काला बीज मेरे दिल में धँसा है, कोई हौलनाक दरख़्त न बन जाए, बस एक साया ही हो, सच न हो, दूर निकल जाए मुझसे, दूर-दूर, किसी से कहकर आयतलकुर्सी लिखवाकर ताबीज़ बनवाती है।

अल्लाह मैं तेरी रहनुमाई में हूँ।

लेकिन ये नहीं पता कि इस ताबीज़ को पहनेगा कौन? फिर कुछ सोच सुबूही के कमरे के ताखे में छुपा देती है।

सुबूही जानती है हर रात अतर लगाने से ख़त्म हो जाएगा। एक घबड़ाहट तारी होती है। अबान ने उसे उस स्याह नशीले दुनिया में किसी ऐयार के कमन्द-सा अटकाकर अन्दर खींच लिया है, गड़प से, एक शदीद जिंसी ख़्वाहिश से उसका जिस्म सिहरता है, ऐसे एहसास उसे लपेट लेते हैं जो ख़्वाब में भी सोचना गुनाह है। लेकिन जब रात गिरती है, उसके बदन का कमल खिलता है। अबान अपनी ढँकी-मुँदी आँखों से उसे इशारा करता है।

ओह अबान तो ये छुपाते थे तुम, अबान-अबान, सुबूही की आवाज़ थरथराती है चाहत के इन्तहाई से।

अगले दिन आँगन बुहारते उसे बीबी पुकारती हैं,

ऐ लड़की, इधर आ।

उनकी आवाज़ साफ़ और मज़बूत है।

सुबूही बुहारना बन्द कर भौंचक देखती है उनको।

बीबी के चेहरे पर ऐसी जानकार नज़र है, सुबूही की हथेली को अपनी हथेलियों में ज़ोर से दाबकर मुस्कराती हैं। दालचीनी की महक उनके बीच नाचती है।

मैं भी तेरी तरह थी लड़की। अतर के अँधेरे रहस्य हैं, जादू-टोना है। मेरे पास भी था। पर देखो वो कमरा बन्द है अब।

सुबूही की साँस जाल फँसी चिड़िया है।

बीबी अपने कमर में खोंसे किसी छुपे बटुये से एक चाभी निकालती हैं।

लो ये तुम्हारा हुआ अब से।

चाभी पीतल की है, भारी और नक़्क़ाशीदार, अकेली।

ऐ लड़की कुछ मीठा खिलाओ, कितनी देर से कुछ खाया नहीं, जा ला मेरे लिए।

फिर झूमती हैं, मुँह-मुँह में कुछ अटपट गुनगुनाती हैं, सुबूही को अनदेखी आँखों से देखती हैं। बेहोशी की चादर फिर से तन गई है। उनके झूमने की गत बढ़ती है, पगलाई-सी।

रात जब पूरा घर नींद की गुफा में दफ़न है, सुबूही दबे पाँव उठती है। ऊपरी मंज़िल के गलियारे के अन्तिम सिरे पर कमरा इन्तज़ार में गुपचुप खड़ा है, बरसों से। ताला कब से खुला नहीं बकरी साल, हाथी साल, चील साल, पर गज़ब, चाभी ऐसे ताले में घूमती है जैसे हर रोज़ बीस मर्तबा खोला बन्द किया जा रहा था।

अगले दिन अबान अचानक बिन ख़बर आ धमकता है।

अपने साथ एक ख़ूबसूरत डब्बा लाया है, इतरदानियों से भरा। सुबूही उसे देखती नज़रें बचा-बचा मुस्कराती है।

उसका बदन एक अलग लय में डोलता है, उसके कूल्हे अलग गोलाई लिये हैं आज, उसकी गर्दन तनी हुई है जैसे एक हिरणी, उसकी कलाइयाँ, उसकी बाँहें, हवा में ऐसे फैलती हैं जैसे किसी को आगोश में भर लेने को आतुर, उसकी छाती फैलती, कुर्ते पर तन जाती है, उसके गाल पके फल की तरह तमतमा जाते हैं, गुलाबी, दमकते, फट पड़ने को तैयार अनार।

उसका डर निकल गया है। अबान को देखती उसकी नज़रें बेख़ौफ़, बरजोरी की हैं। अबान उसे अपनी भारी आँखों से देखता है। उनके बीच आग लहक जाती है।

न उसे अब कोई ख़ौफ़ नहीं।

कहीं और कोई और जगह या समय नहीं, बस यही जगह, यही समय है। जैसे उस बन्द कमरे से डरती थी कि मौत का कमरा है, बीमारी और पागलपन का कमरा है। पर ना, वो तो सिर्फ़ एक कमरा था, बीबी के कमरे जैसा, गहने और ख़ूबसूरत चीज़ों से अटा हुआ, उनकी बड़ी काठ की सन्दूक़ जिसमें साटन की शलवार, रेशम का शरारा, मखमल के चादर, चाँदी और सोने के पाजेब, कामदार चूड़ियाँ। वो सब जो उन्होंने शौक से अपनी जवानी में ओढ़ा पहना सरियाया होगा।

उस कमरे में फुसफुसाता अँधेरा था, नीम बेहोशी थी, इत्र की ख़ुशबू से गमकता, पाजेब की रुनझुन से बजता। किसी की गाढ़ी शहद भरी, मनुहार भरी आवाज़ धीमे से टेरती, नशे और सुरूर में,

मैंने लाखों के बोल सहे, सितमगर
तेरे लिए

वो कमरा नशे और सुरूर की जगह थी, डोलती अँगड़ाइयों की, तृप्त-अतृप्त लालसाओं की, उस वर्जित सेब की, साँप की, पसीने और हरारत की, किसी के होंठों के स्पर्श की, उस मादक एहसास की, दीवानावार मोहब्बत की। एक नीला नशा डोलता जिसमें बदन अपनी हदें पार कर लेना चाहता, बाँहें शिथिल पड़ जातीं, आँखें मुँदी,

पलकें भारी, एक तन्द्रा, एक बेहोशी, एक पोशीदा चाहत कि कोई छू भर ले, कि सब टूट-टूट बिखर जाए, बस। अबान की देह उसकी देह से लगी एक साँस एक लय में हिलती, काँपती, थिरती। ये सच था कि झूठ, छलावा था कि जादू। ओह! कोई शरीर ऐसा होता है? कठोर और नर्म एक साथ? ये कैसी ख़ुशबू है? ख़ुशबू भी है? ये गोल-गोल चकरघिन्नी खाता दिल? ये किसका है? ये हाँफती-भागती रेल? किसकी है? कौन है? ये सीटी बजती, ये समन्दर पछाड़ खाता मेरे चट्टानों पर, ये हवा जो सहला जाती पूरे जिस्म को, ये सपना, इस सपने में अबान का होना, उसकी जलती आँखों की लपट? उसके गले की साफ़ त्वचा, उसकी उँगलियाँ, उसके कान के लाल लौ, उसके जिस्म की मर्दानी ख़ुशबू, उसके बाँहों की कसावट? ये सच में है कि ख़्वाब की दुनिया?

ये कमरा उसके पागलपन की पोशीदा दुनिया है, यहाँ अबान है, उसका अतर है, सब छुपा है दुनिया से, सब खुला है, उससे। तो ये था कमरे का रहस्य?

वो फिर अबान को देखती, शर्मीलेपन से नहीं, संकोच-झिझक से नहीं बल्कि उस जानकारी से जिसमें उसे अपनी ख़्वाहिशों की लज़्ज़त समझ आ गई हो

मुझे ले चलो, जल्दी, यहाँ से दूर, जाने किससे फुसफुसाती कहती वो अबान के बगल से गुज़र जाती है।

सारे आशिक़ क़ुर्बान बरबाद हुए मोहब्बत में। फिर भी जिसने इस वर्जित फल को न चख़ा उसे दुनिया में क्या हासिल?

बारिश के देवता

लगातार बारिश हो रही थी। झमझम। फ़ोन की घंटी बेतहाशा बजती है।

हलो-हलो?

हलो डॉक्यूमेंट्स नहीं मिले...कोई उधर से चीख़ रहा है।

भेजा था तीन दिन पहले, रा.स. कुलकर्णी पियून के हाथ से बिल के गट्ठर लेता, कन्धे से सरकते फ़ोन को रोकता हकलाता है।

बाहर बारिश तेज़ है। ऐसबेस्टस की छत से पानी चूने लगा है। बिल का बंडल मेज़ पर पटकता, एक पाँव से डस्टबिन चूते पानी के ठीक नीचे ठेलता रा.स. नाक सुड़कता है। लालसा से दफ़्तर के उस इलाक़े को देखता है जहाँ कुछ सूखा है। ये बारिशवाला इलाक़ा है। हर जगह पानी-ही-पानी। बॉस पीले रेनकोट में सूखा घूमता है। सुना है किसी केस में उसने अपने बॉस को कभी फँसाना चाहा था, तभी से इस चेरापूँजी दफ़्तर में उसका तबादला हुआ था। तब से यहीं है।

सिर्फ़ पीला रेनकोट ही नहीं, उसका पी.ए. एक पीली छतरी भी ताने उसके पीछे चलता है। यहाँ इस जगह में हर चीज़ बारिश के हिसाब से तय होती है। मसलन जो ऊपर हैं उन्हें दफ़्तर में सूखा इलाक़ा मिला हुआ है, कॉलोनी में सूखे घर मिले हुए हैं। उनके जूते ख़ास बाहर से मँगाए जाते हैं जो उनके पैरों को कीचड़ और उबलते पानी में सूखा रखते हैं। इस जगह सूखा रहना बड़ी नियामत की चीज़ है।

रा.स. कुलकर्णी जूनियर अफ़सर है, जूनियरमोस्ट। उसकी सीट झमझम बरसते पानीवाली जगह है। उसका घर कीचड़ से घिरे सेक्टर में है। रा.स. कुलकर्णी यहाँ पनिशमेंट पोस्टिंग पर आया है।

वैसे दफ़्तर के लोगों को हैरानी है कि इस पाँच फुट दो इंच सिंगल हड्डी काया ने ऐसा क्या किया था उसे ये तमग़ा मिला। कोई पूछता है तो रा.स. कुलकर्णी नाक सुड़ककर रूमाल में चेहरा छुपा लेता है। आजकल उसके साईनस का प्रॉब्लेम अक्यूट हो गया है।

बाहर अब भी घमासान बारिश हो रही है। बाहर-भीतर पानी हरहर ज़मीन पर नाले-पनाले-सा बह रहा है। कुलकर्णी ने जूतों सहित अपने पाँव कुर्सी पर कर लिये हैं, फ़ाइल पर काम चल रहा है।

इधर कुछ दिनों से उसने नोटिस किया है। अपने शरीर का मुआयना करते देखा कि शरीर के सब बाल एकदम महीन हो गए हैं। त्वचा साफ़ पीली। पानी में डूबी पीली त्वचावाली मछली। उसका मन भी

बारिश में डूबा मेढक हो गया है। बस बड़ी-बड़ी आँख खोले लकड़ी के फट्टे पर चुपचाप बैठा मन।

पत्नी खाना बनाती है, परोसती है तो रा.स. कुलकर्णी चुपचाप खा लेता है। पत्नी लगातार शिकायत करती है। रा.स. कुलकर्णी चुपचाप सुन लेता है। पत्नी रात के खाने के बाद उसे ज़बरदस्ती घूमाने ले जाती है। बाक़ायदा बाँह पकड़कर। वो किधर को भी टहलने निकलते हैं, रा.स. कुलकर्णी पाता है कि अन्त में वो उसी दूह पर पहुँचे हैं जहाँ से सूखे इलाक़े के क्वार्टर्स अपने सूखेपन में जगमगाते खड़े हैं। पत्नी लम्बी साँस भरकर कुलकर्णी की बाँह से टिक जाती है। पूछती है, तुम्हें कब अलॉट होगा इनमें से एक क्वार्टर?

रा.स. कुलकर्णी की दुबली काया ज़रा झुक जाती है। कन्धे सिकुड़ जाते हैं। उसे भय होता है कि जूते की छेद से कीचड़ उसके पैरों में रिस रहा है, बदबूदार, ठंडा, सड़ा हुआ कीचड़। उसके पैर की उँगलियाँ किसी भयानक जुगुप्सा में अन्दर मुड़ने लगती हैं। पलट कर किसी बेचैन हबड़-तबड़ में घर भागता है। पत्नी भुनभुनाती पीछे छूट जाती है। जूते खोलकर रा.स. कुलकर्णी पैरों को दस बार पोंछता है, फिर जूते साफ़ करता है। रगड़-रगड़कर कीचड़ धोता है। सब तरफ़ एक नमी का वास है। अपने दुर्गन्ध में भारी।

रा.स. कुलकर्णी का बायोडेटा भी उसकी तरह संक्षिप्त है। उसकी उम्र उनतीस साल है। कद पाँच फुट दो इंच। शरीर दुबला, बाल महीन, मुलायम। महीन करीने से कतरी हुई मूँछ की बारीक रेखा।

गोल बड़ी आँख, चश्मे के पीछे तेज़। दाएँ घुटने पर बचपन की चोट का निशान। नौवीं कक्षा में एक बार स्मॉल पॉक्स का शिकार। कुछ छोटे चकत्ते प्रसाद स्वरूप नाक के गिर्द। मैट्रिक करते वक़्त पिता का देहावसान। आई सी डब्लू ए इंटर करके नौकरी में उन्नीस साल में घुसा। पाँच साल लगातार फाइनल में स्ट्रैटेजिक मैनेजमेंट एंड मार्केटिंग और टैक्सेशन का पेपर उसे रुलाता रहा। फिर छठवें साल आई सी डब्लू ए की डिग्री और अफ़सर की नौकरी। तुरन्त उसके बाद सुकन्या से विवाह। नौकरी और विवाह के साथ ही साईनस से भी नाता जुड़ा। साईनस इज़ अ सैक ऑर अ कैविटी इन एनी ऑरगन ऑर टिशू, ये जान लेने के बावज़ूद उसकी तकलीफ़ बढ़ती रही। एक महज कैविटी कैसे इतनी तकलीफ़ पैदा कर सकती है का तार्किक आधार उसकी तकलीफ़ को कम करने में सक्षम नहीं हुआ।

तब से वो लगातार सुड़कता है। हाथ में हमेशा रूमाल। डॉक्टर ने बताया था नाक में पॉलिप है। सेकेंड ओपिनियन लिया फिर थर्ड। आख़िर ऑपरेशन कराया। पन्द्रह दिन मेडिकल लीव। उसके बाद दफ़्तर में हर किसी के पूछने पर, ठीक हो अब कुलकर्णी, वह सिर डुलाता। हाथ में दबा-मसला रूमाल पास्ट टेंस हो गया।

तीन महीने बाद सुबह उठते ही पहली छींक आई। एक दिन पहले दफ़्तर में शर्मा जी ने बुलाया था। फ़ाइल पकड़ाते हुए कहा था, देख लो रायलसन की बिड भी है...

रा.स. कुलकर्णी फ़ाइल लेकर चुपचाप अपने केबिन में आ गया। दस बिड थे। रायलसन का चौथा था, इन ऑर्डर ऑफ़ प्राईस। उसे समझ नहीं आया, शर्मा जी ने सिर्फ़ रायलसन का नाम क्यों लिया।

रा.स. कुलकर्णी इस विभाग में नया-नया आया है। इसके पहले सैलरी डिपार्टमेंट में था। दस लोगों की भीड़ में एक। बड़ी सुरक्षा थी भीड़ में। इंक्रीमेंट लगाना, महँगाई भत्ता फीड करना, कैंटीन सब्सिडी किसी का उड़ा देना; सब सामूहिक निर्णय होते। जिसका उड़ता उसको फिर बहाल भी कर दिया जाता। किसी की जान नहीं जाती। बस एक सबक सिखाना था साले गुप्ता को...बहुत हल्ला कर रहा था...ऐसा कुछ महाजन उसका बॉस बोलता। रा.स. कुलकर्णी ये सुनकर पीला पड़ जाता। किसी को क्या बेवज़ह तंग करना? फिर सिर झुकाकर गुप्ता के डेटाबेस में होम लोन रिकवरी पाँच हज़ार पाँच सौ छप्पन रुपये चढ़ा देता। उस दिन उसे छींक के दौरे पड़ते। नाक लाल हो जाती। रूमाल भीग जाता। रात पत्नी हमदर्द का लाल तेल छाती पर मलती, दोनों नथुनों में बनफ्शा का तेल दो बूँद एहतियात से गिराती। तब जाकर रा.स. कुलकर्णी को चैन आता। नींद आती। नींद में गुप्ता कटारी लेकर पीछे दौड़ता।

दिन में सैलरी स्लिप बँटते ही गुप्ता हाज़िर हो जाता, दहाड़ता, आग उग़लता...

मेरी होमलोन रिकवरी कैसे की?

क्यों सर? रा.स. कुलकर्णी अपने जूतों में थर्राता पूछता।

इसलिए कि मैंने आज तक कोई लोन नहीं लिया। होमलोन तो दूर की बात है।

महाजन मुलायमियत से कुलकर्णी को रेस्क्यू करता गुप्ता को बाँहों से घेरकर अपने केबिन तक ले जाता।

आइए बॉस चाय पीजिए। फिर रा.स. कुलकर्णी को आवाज़ लगाता।

यार कुलकर्णी ज़रा चन्दर को बोल दे, दो कप चाय के लिए।

फिर मुड़कर कुलकर्णी को आँख मारता और गुप्ता की तरफ़ मुख़ातिब होता कहता—

"लड़कों से ग़लती हो जाती है कभी-कभी। चिन्ता न करें अगले महीने सही हो जाएगा। अभी आपके सामने कह देता हूँ।" फिर ज़ोर की कड़क आवाज़ में कुलकर्णी को हिदायत देता।

"देखो अगले महीने ये ग़लती न हो। और हाँ इस महीने जो रिकवरी हुई उसे ज़रूर पे कर देना नेक्स्ट मन्थ।"

"नेक्स्ट मन्थ? अरे! महाजन बॉस ये तो अभी दिलाओ यार। पूरे महीने का टाईट बजट रहता। कुछ करो।"

कुलकर्णी की पहली छींक शुरू होती। छींकते-छींकते कहता, "सर पेमेंट वाउचर बना दूँ?"

महाजन गुप्ता को इस आश्वासन से विदा करता कि अगले महीने पे हो जाएगी। फिर कुलकर्णी की बुलाहट होती।

"यार तुम ट्रेंड नहीं हो रहे। इसी तरह तुरन्त पे करना था तो काटना क्यों था? ज़रा समझा करो न।"

फिर मुखर्जी को बुलाता। चतुर शातिर मुखर्जी को हिदायत दी जाती, कुलकर्णी को सिस्टम समझाओ।

अगले महीने कुलकर्णी कहता, "सर वो गुप्ता जी की रिकवरी तो बन्द करनी है न?"

महाजन बिना फ़ाइल से सिर ऊपर उठाए उवाचता, "नहीं इस महीने नहीं।"

उस रात रा.स. कुलकर्णी को छींक का ज़बरदस्त दौरा पड़ता। पत्नी तुलसी का काढ़ा बनाती, गोल केतली से भाप लिवाती, अमृतांजन बाम मलती, लगातार बोलती।

"इस पानी से तुम्हारा साईनस ठीक होने से रहा। पता नहीं कब सूखे क्वार्टर हमें मिलेंगे। रशीद और सफिया अगले हफ़्ते शिफ्ट हो रहे हैं। ढूह के पार जो पहला क्वार्टर है न वही अलॉट हुआ है। ठीक है, एकदम सूखा नहीं फिर भी इतना भी पानी नहीं। मुझे कह रही थी कि दो जोड़ी अच्छे जूते हैं तुम चाहो तो ले लो, हमें अब इतनी ज़रूरत नहीं। जूते सचमुच अच्छे हैं। उनसे तलवे सूखे रहते हैं। मेरे पैरों में नमी की वजह से बिवाई फट गई है। लगातार दर्द रहता है। तुमसे कहा था, पुराने जूते सचमुच ख़राब हो गए। घर में भी चलते वक़्त पानी भीतर रिसता है, पर तुम कुछ कहाँ करोगे? घर का तो कुछ किया नहीं जूते क्या करोगे?"

उसकी आवाज़ का सुर ऊपर उत्तरोत्तर जा रहा है। रा.स. कुलकर्णी कोशिश करके अपनी आँखें मूँद लेता है। रशीद, महाजन की लिस्ट के हिसाब से लोगों के टूर और मेडिकल बिल्स में ख़ूब

कटौती करता है। जहाँ बॉस कहता है वहाँ नियम के विरुद्ध भी पेमेंट करता है। कुलकर्णी के टोकने पर ढिठाई से हँसता है।

अरे कुछ गड़बड़ भी हुआ तो क्या? अपने एम्प्लॉई हैं, भागेंगे कहाँ। जब महाजन यहाँ से जाएगा तब सब एक्सेस पेमेंट रिकवर कर लेंगे, बस। दो और दो चार ही तो होते हैं बॉस।

रा.स. कुलकर्णी सोचता है, हाँ चार ही तो होते हैं। फिर उसका हिसाब गड़बड़ क्यों हो जाता है।

तीसरे महीने महाजन के मना करने के बावज़ूद सारी रिकवरी पेमेंट में डाल देता है। महाजन को कोई ख़बर नहीं। सैलरी स्लिप बँटने के बाद गुप्ता आता है।

थैंक्यू बॉस...

अगले दिन रा.स. कुलकर्णी का तबादला दूसरे विभाग में हो जाता है। रात साईनस का अक्यूट अटैक पड़ता है। माथे, चेहरे पर सब चीज़ जाम। सोच, बुद्धि पर भी जाम। बाहर पानी झमझम बरस रहा है। इतना पानी जैसे सब बह जाएगा। धरती, आकाश, ये घर, ज़मीन, आदमी, औरत, जानवर सब। बस रा.स. कुलकर्णी के चेहरे के भीतर जितनी साईनस कैविटिज़ हैं वहाँ कुछ भी नहीं बहता। बाहर के बहने का छोटा-सा विरोध दर्ज़ होता है यहाँ, कुलकर्णी की काया के भीतर। कुलकर्णी चाहे कितना भी विरोध कर ले इस उपद्रव का, उसकी दुबली काया इस विध्वंस के लिए तैयार नहीं। शरीर तकलीफ़ में दोहरा होता है, सिर फटता है, कोई मोटी सुरंग माथे के भीतर खुदती है, कोई चौकन्नी बिल्ली पूँछ उठाए फिरती है। भीतर-भीतर बाहर के प्राकृतिक आपदा के रोक में शरीर के सब द्रव अपनी गति

धीमी करते हैं। अन्ततः रा.स. कुलकर्णी इस शारीरिक आपदा को मोड़ न पाने की स्थिति में अस्पताल पहुँचता है। हफ़्ते दिन की सिकलीव के बाद नए विभाग में उसका पदार्पण होता है।

ये नया विभाग, पिछले विभाग के बनिस्बत ज़रा और गीले इलाक़े में है। यहाँ बॉस की मेज़ के ऊपर छतरी लगी हुई है जिसके कोनों से पानी गिरता, एक गोलाई में छोटे-छोटे चहबच्चे बनाता है। कुलकर्णी को बॉस के पास पहुँचने के लिए हमेशा उन चहबच्चों को फलाँगना पड़ता है। उसके जूते घिस गए हैं और भीगने पर बास मारते हैं। और इन दिनों वो लगातार बास मारते हैं। कुलकर्णी को सबसे ज़्यादा तकलीफ़ इस बात की है कि उसके पैर अब हमेशा नम रहते हैं। उसे सूखे पैरों की याद इस शिद्दत से आती है कि उसके पैरों की उँगलियाँ मुड़ जाती हैं भीतर की ओर, सूखेपन की तलाश में। उसके सपनों में इतना सूखापन होता है जैसे रेगिस्तानों में। नींद में पत्नी के शरीर को टटोलने की बजाय आजकल वह अपने पैरों को टटोलता है सूखेपन की उम्मीद भरी यातना में।

कम्पैरिटिव स्टेटमेंट बनाते कुलकर्णी दो बार चेक करता है। रायलसन का बिड चौथा ही है। चाहे जितनी बार जोड़ लो। सारे टैक्सेज़ तीसरी बार कैलकुलेट करता है। एक्साईज़ ड्यूटी, सेल्सटैक्स, वैट, एंट्री टैक्स, सर्विस टैक्स। सारे रेट्स एक बार फिर। फर्गुसन लोवेस्ट है फिर विमकॉन और तीसरे नम्बर पर जॉयस लिमिटेड। बॉस के पास स्टेटमेंट लेकर दिखाता है। शर्मा पूछता है, इधर रॉयलसन किधर?

सर रायलसन तो चौथे नम्बर पर है। हम तो पहले तीन बिड ही लेते हैं इवैल्यूयेशन के लिए।

शर्मा चश्मे के फ्रेम के बाहर से उसे घूरता है। फिर साथ की टेबल से अधिकारी को बुलाता है।

"अधिकारी इसे रूल समझाओ..."

"सर मैंने रूल के हिसाब से ही किया है। प्रोक्योरमेंट पॉलिसी पढ़ने के बाद।" कुलकर्णी की आवाज़ डगमगाती है।

अधिकारी उसे बाँहों से घेरकर चाय पीने ले जाता है। आज बारिश टिपाटापी ही है। आसमान कुछ हद तक साफ़। कैफ़ेटेरिया में एक सूखा कोना तलाश कर दोनों चाय पीते हैं चुपचाप। चाय ख़त्म होने के बाद अधिकारी पूछता है...

"तुम्हें इस नौकरी में कितने दिन हुए?"

कुलकर्णी कुछ अदबदा कर उँगलियों पर जोड़ता, फिर पूछता है, क्यों?

"इसलिए कि तुम अगर सही तौर-तरीक़े नौकरी के नहीं सीखे तो सुनते हैं एक कोई और जगह है जहाँ ज़मीन तक नहीं दिखती, इतना पानी है। यहाँ तो कम-से-कम ज़मीन दिखती है।"

कुलकर्णी खिड़की के बाहर देखता है, सचमुच पानी के बीच-बीच ज़मीन का टुकड़ा।

"फिर? मुझे क्या करना चाहिए?"

"रायलसन को लोवेस्ट बनाओ।"

"कैसे बना दूँ, वो चौथा है, चौथा ही रहेगा।"

"कैसे बनाना है वही तो तुम्हें बुद्धि इस्तेमाल करनी है। हर चीज़ कोई तुम्हें क्यों बताएगा? तुम अफ़सर किस लिए हो?"

रात कुलकर्णी सोचता है, सच मैं अफ़सर किसलिए हूँ? पत्नी से पूछता है।

"सुनो, मैं अफ़सर हूँ?" पत्नी खाना बनाना रोक कर कमरे में साड़ी खोंसे आती है।

"क्या?"

"मैं अफ़सर हूँ?"

"तुम्हारा दिमाग़ बिगड़ गया है? तुम्हें पता है रसोई में टखने-भर पानी है? मैं मोढ़े पर खड़े होकर रोटी बना रही हूँ, मेरे पाँव में बिवाइयाँ फट रही हैं। जो ग्रीज़ लगाती हूँ वो तुरन्त पानी से बह जाता है। इन दीवारों में इतनी नमी है कि सूखे कपड़े भी नम हो जाते हैं। मेरी हड्डियों तक में नमी घुस आई है। इस पचीस साल की उम्र में पचास साल जैसी हो गई हूँ और तुम पूछते हो, मैं अफ़सर हूँ? पागल हो गए हो तुम, पागल-पागल।"

कुलकर्णी हताश सोचता है, मेरी परेशानियों का इस घर में कोई हल नहीं। ये औरत सिर्फ़ अपनी बिवाई सोचती है, अपनी फटी हड्डी सोचती है मेरा कुछ भी नहीं सोचती। पत्नी की आवाज़ लगातार रसोई से आती है। उनमें सफिया के जूते, उनका सूखा घर, दूह के पार की श्रीमती क और श्रीमान च की अकड़, उनके घर को जाते सूखे रास्ते, माँ-बाप ने ऐसा ब्याह करके क़िस्मत फोड़ दी जैसी बात, ब्याह के बाद नए गहने तो दूर एक जोड़ी बढ़िया जूतों पर बात आकर थम जाती है। पत्नी बोलते-बोलते

थक गई है। नमी सचमुच उसे बीमार बना रही है, जल्दी थका दे रही है।

नींद में डूबने के पहले कुलकर्णी ख़ूब सोचता है। रायलसन को कैसे लोवेस्ट बना दें इसकी जुगत सोचता है, फर्गुसन को सीन से आउट कैसे करें ये सोचता है, कौन-सी लोडिंग करूँ कि फर्गुसन की प्राइस रायलसन से बढ़ जाए, सोचता है, रायलसन को इन करने से कौन फायदे में आएगा, ये सोचता है, मेरे कन्धे पर बन्दूक़ चलेगी ये सोचता है, कल मामला विजिलेंस में गया तो मेरी नौकरी गई ये सोचता है और आज अगर शर्मा की बात न मानूँ तो आज-के-आज किसी बदतर जगह पर तबादला, ये सोचता है, फिर ये सोचता है इतना क्यों सोचता हूँ, फिर ये कि इतना सोचना मेरे साईनस को बढ़ाएगा। पत्नी ग्रीज़ अपने तलुवे पर मल रही है। उसका काम ख़त्म हुआ। अब बस बिस्तर पर लेट जाना है। बाईं तरफ़ वाली दीवार से नमी पसीज रही है। कुलकर्णी को लगता है कि नमी की क़तार धीरे-धीरे उसकी ओर रेंगती बढ़ रही है। रात नींद में कुलकर्णी किसी पनियाले नाले में बहता बदबूदार पानी के हौज़ में डूबता, साँस लेते छटपटाता, हदस में डूबता उठता है। बगल में पत्नी बेलौस हल्के खर्राटे लेती, ग्रीज़ से महमहाती निश्चिन्त सोई पड़ी है।

सुबह टेबल पर इंटर ऑफ़िस मेमो पड़ा है। बिड के आकलन के लिए कमिटी गठित की गई है। वित्त से कुलकर्णी है, संविदा से नायर है और इंडेंटिंग विभाग से के. मुरली। मुरली का फ़ोन दस बजे आता है।

एक मीटिंग कर लें?

आधे घंटे बाद तीनों बैठते हैं। क्वालिफाईंग रिक्वायरमेंट पर माथापच्ची की जाती है। फर्गुसन, रायलसन और विमकॉन तीनों क्वालिफाई कर रहे हैं। जॉयस क्वालिफाई नहीं हो रहा है। विमकॉन पर टेक्निकल लोडिंग हो गई है रायलसन अब दूसरे नम्बर पर है।

ड्राफ्ट रिपोर्ट बना ली जाए? नायर पूछता है। कुलकर्णी चुप है। इस सारे अनालिसिस में रायलसन को कंट्रैक्ट जाएगा ऐसा कुछ नहीं लग रहा। सिर्फ़ उसके बॉस ने रायलसन की बात की है। नायर और मुरली को इस साज़िश की कोई ख़बर नहीं। मतलब रायलसन से शर्मा ने अकेले पैसा खाया है। कुलकर्णी की छाती धड़धड़ कर रही है। इस डिस्कशन में रायलसन के पक्ष में ऐसा क्या बोल दे कि बाक़ी दोनों उसको कंसिडरेशन ज़ोन में ले आएँ। उसकी समझ में कुछ नहीं आ रहा। दोनों उठ खड़े होते हैं। नायर कहता है, "मैं ड्राफ्ट रिपोर्ट तैयार करके दिखाता हूँ। फिर उसको रिफाईन किया जाएगा।"

तीन-चार दिन निकल जाते हैं। कुलकर्णी नायर को फ़ोन कर पूछता है, क्या हुआ रिपोर्ट का?

बॉस किसी दूसरे काम में फँस गया था। आज करता हूँ। शाम को शर्मा कुलकर्णी से पूछता है, कमिटी रिपोर्ट कब देगी? बिड खुले महीने से ऊपर हुआ।

पर सर कमिटी नॉमिनेट हुए तो सिर्फ़ पाँच दिन हुए हैं, कुलकर्णी हकलाता है पर तब तक शर्मा फ़ोन पर किसी पार्टी को डाँट रहा है। उसकी सफ़ाई नहीं सुनता है। पर रायलसन की बात भी नहीं करता। कुलकर्णी को एक तरीक़े की राहत होती है।

रात बारिश अचानक थमी है। कुलकर्णी पत्नी के साथ टहलने निकलता है। गमबूट्स पहने वो पश्चिमी कोने की तरफ़ निकलते हैं। तालाब में ढेरों कमल के फूल हैं। कुछ देर वहाँ रुकते हैं फिर धीरे-धीरे अनचाहे ढूह की तरफ़ निकलते हैं। आज बहुत परिवार टहलने निकले हैं। सब एक-एक करके ढूह पर इकट्ठा होते हैं, कुछ देर वहाँ रुककर बतियाते हैं, साफ़ आसमान में तारों की बात करते हैं, पिछले साल की बारिश की बात करते हैं, भीगे पैरों की बात करते हैं, नमी की बात करते हैं, सूखी ज़मीन की बात करते हैं, फिर आसमान के तारों को देखते घर लौट जाते हैं।

सवेरे ठीक साढ़े नौ बजे नायर का फ़ोन आता है। अपने केबिन में बुला रहा है। मुरली पहले से बैठा है। नायर धीमी आवाज़ में राज़ खोलता फुसफुसाता है।

"एक अनॉनिमस कम्प्लेंट आई है।"

एक सफ़ेद टाईप्ड काग़ज़ बढ़ाता है। कुलकर्णी पढ़ता है जिसमें कहा गया है कि फर्गुसन ने फोर्ज्ड डाक्यूमेंटस जमा किए हैं।

"किसने कम्प्लेन किया?"

मुरली कहता है, "और कौन? शायद रायलसन?"

कुलकर्णी की हथेलियाँ अचानक पसीज जाती हैं। उसकी छाती में कुछ फँस जाता है।

"फिर?" पूछता है।

"अनॉनिमस कम्प्लेन पर हम क्यों ध्यान दें? रूलबुक क्या कहती है।"

"वही कि ऐसे अनॉनिमस कम्प्लेन को डस्टबिन में डालो।"

"फिर, डालो डस्टबिन में।"

नायर चुप है। काग़ज़ वापस ड्रावर में डाल देता है।

"कमिटी को बताना था सो बताया, अब आगे इसका क्या करना है वो सोचना होगा, क्यों सोचना होगा? रूलबुक कहती है डस्टबिन में डालो, तो डालो, सोचो क्यों? इतनी हड़बड़ी में कुछ तय करना सही नहीं। सोच लें हम सब फिर बैठते हैं।"

दो दिन तीनों सोचते हैं। कुलकर्णी को खेल की पहली चाल साफ़ दिखाई देती है। शर्मा अब रायलसन की बात नहीं करता। सिर्फ़ कमिटी कितना देर कर रही है रिपोर्ट सबमिट करने में, की बात करता है।

चौथे दिन तीनों बैठते हैं। नायर कहता है उसने अपने बॉस से डिसकस किया है। उनका कहना है कि फर्गुसन को इस कम्प्लेन के बल पर डिसक्वालिफाई किया जाय।

पर? अनॉनिमस कम्प्लेन के आधार पर उसके बिड को हम कैसे हटा सकते हैं?

इसके लिए प्रोसिजरली जो करना है वो कमिटी करे ऐसा इंस्ट्रक्शन है, नायर सूचित करता है।

अगले दिन नायर एक ड्राफ्ट बनाता है, दोनों को दिखाता है। मुरली चुप है। कुलकर्णी कहता है हम फँस जाएँगे। रूल के ख़िलाफ़ कुछ भी किया तो नौकरी जाएगी।

कुलकर्णी इस मसले को अपने बॉस से डिस्कस नहीं कर सकता। उसे बॉस की ओपिनियन पता है। आजकल शर्मा उसे देख चश्मे के फ्रेम के बाहर से मुस्कराता है।

कुलकर्णी रात को भयानक सपने देखता है। जेल की सलाखों के, रेगिस्तान में प्यासे भटकने के, बंजर धरती के। इन्हीं दिनों में से किसी एक दिन पत्नी ने कुछ इठलाते और कुछ घबड़ाते एलान किया था कि शायद वो गर्भवती है।

इस महीने दस दिन की देरी हुई है।

पत्नी का मासिक हमेशा अनियमित है। ऐसे एलान कई बार कर चुकी थी पहले भी। लेकिन दस दिन पहली दफ़ा हुआ है। रात को सपने से भीगे उठते कुलकर्णी सोई पत्नी के पेट का मुआयना करता है। कोई जीव पनप रहा है ऐसा कुछ दिखता नहीं। उसे तो ये भी याद नहीं कि पत्नी के साथ सोया कब था। लेकिन पत्नी कह रही है तो ज़रूर सोया होगा।

अँधेरे में पानी बहने की आवाज़ शिराओं में गूँजती है। ये ग़लत समय है बच्चे के पैदा होने का। हम उसे सूखी धरती, सूखी हवा नहीं दे पाएँगे। शायद बच्चा ऐसा हो जो गीलेपन के गुणसूत्र लेकर हँसता खिलखिलाता पैदा हो? कुलकर्णी के भयानक सपनों में ये भी जुड़

गया है अब। पत्नी आजकल कमर को हाथों से सहारा दिए चलती है। ऐसा शायद उसने हिन्दी फ़िल्मों से सीखा है। जैसे प्यार करते वक़्त होंठों को दाबकर मुस्कराना और अश्लील सिसकारी भरना उसने फूहड़ ब्लू फ़िल्म्स से सीखा है।

कुलकर्णी आईने में जब ख़ुद को देखता है लगता है किसी और को देख रहा है। आईने के पार की जो दूसरी दुनिया है, काश वहाँ सर छुपाया जा सकता।

सुबह-सुबह दफ़्तर पहुँचते ही उसका बुलावा बड़े साहब के कमरे में होता है। बड़े साहब मतलब इस प्रोजेक्ट के हेड। उनका कमरा भव्य है। कमरे के एक कोने में मछलियों का बड़ा टैंक है। साहब कमरे से लगे वाशरूम में हैं। कुलकर्णी कुर्सी के कोने पर सहमता बैठा है। हाथ में दबा रूमाल पसीज गया है। मछलियाँ एक-एक करके टैंक की दीवार के पास आकर उसे देख गई हैं। टैंक की बगल में रखे हैंगर पर साहब का सफ़ेद उम्दा रेनकोट और पतली नफ़ीस छतरी टँगी है। दीवार पर टाउनशिप और दफ़्तर की इमारत और पीछे फ़ैक्टरी की रात में लिया गया जगमग पोस्टर है। पोस्टर में इमारत के सामने पानी में बिजली के लट्टुओं की झिलमिल रोशनी किसी सपनीले दुनिया का चित्र है। कुलकर्णी मंत्रमुग्ध देखता है सच और भ्रम के बीच कैसा मायावी फासला है।

साहब मुस्कराते आते हैं और कुलकर्णी के उठने के उपक्रम को ख़ारिज करते कहते हैं—

"बैठो-बैठो।"

कुलकर्णी कुर्सी के एज पर टिका है।

"तुम ग प्रोजेक्ट के मूल्यांकन समिति में हो? एक कम्प्लेंट आई है।"

साहब अपने पाइप को सुलगाते, मेज़ पर रखे काग़ज़ों के पुलिन्दे को ठेलते फ़ोन उठाते कहते हैं—

"मैं चाहता हूँ कि उस निविदा का आकलन नियमों के अनुसार हो। मैं कोई इर्रेगुलरिटी बर्दाश्त नहीं करूँगा।"

कुलकर्णी को लगता है उसकी साँप छछूँदर की हालत है। साहब वही चाहते हैं जो शर्मा चाहता है? या फिर फर्गुसन के पक्ष में हैं। चश्मे के भीतर साहब की आँखें साँप की आँखें हैं।

रात नींद में पसीने से तरबतर उसकी साँस फूलती है।

अगले दिन कमिटी मीटींग में नायर कहता है, "हमें कम्प्लेंट डस्टबिन में डाल देनी चाहिए। फर्गुसन लोवेस्ट है, उसी को निविदा जानी चाहिए।"

"क्यों कुलकर्णी बॉस?"

कुलकर्णी को साहब की पाईप याद आती है, शर्मा की शातिर मुस्कान याद आती है, गीले घर की याद आती है।

कॉरिडॉर से कोई गुज़रा है, ज़रा-सा झाँककर, मुस्कराकर, "नमस्ते साहब।"

नायर मुस्कराता है, "नमस्ते।"

फिर धीमे कहता है, "फर्गुसन का बैजल है।"

"और रायलसन?"

"तुम्हें वो पुल की कहानी याद है न। जो सिर्फ़ काग़ज़ पर बनती थी।"

नायर हँसता है फिर आँख मारता है। खेल के नियम बदल गए बॉस।

कम्प्लेंट में लिखा है, फर्गुसन ने फर्ज़ी दस्तावेज़ जमा किया है। जिस काम की वजह से वो क्वालिफाई होते हैं वो काम उन्होंने नहीं किया है। किसी पुल का पाईल फाउंडेशन। पुल किसी नदी पर बना है। नदी में पानी है। पाईल फाउंडेशन पानी के भीतर है। फाउंडेशन के काम को साबित करता सर्टीफिकेट फर्ज़ी है।

स ग च जगह में पुल है। यहाँ से बहुत दूर नहीं है। मुरली रात को कुलकर्णी के घर आया है।

"सुनो, अगर हम चुपचाप देख आएँ तो? इस रविवार?"

मुरली की आवाज़ में डर है।

"यार मैं फँसना नहीं चाहता। मेरी ज़िम्मेदारियाँ बहुत हैं।"

मुरली की बहन जो मानसिक रूप से अस्वस्थ है, उसके साथ रहती है, बूढ़ी माँ हैं, पत्नी है, तीन बच्चे हैं।

"ठीक से छह महीने और निकाल दूँ तो अ स्थान पर तबादला हो जाएगा। वहाँ सूखा है। बच्चे ठीक से पल-बढ़ जाएँगे। सब इतना अच्छा सही चल रहा था कि इस निविदा का झमेला सिर पर आ

पड़ा। मैं मज़े से क्वालिटी सर्टीफिकेट ठेकेदारों को इशू कर रहा था। बॉस जैसा कहता वैसा। अब इस कहानी में किसकी बात मानूँ कुछ समझ नहीं आता।"

अगले रविवार कुलकर्णी और मुरली सुबह निकल पड़ते हैं। देर दोपहर स ग च पहुँचते हैं। धूल खाया कस्बा। मरा-मरा-सा। लावारिस कुत्ते और गाय। पानी के बदबूदार रेले।

ढाबे पर चाय सुड़कते पूछते हैं, "भैया ये ज़ नदी किधर है यहाँ।"

"क्या?"

"ज़ नदी!"

ढाबेवाला हँसता है, "ज़ नदी? ज़ नदी यहाँ कहाँ यहाँ कोई नदी नहीं। बस पनाले हैं। फ़ैक्टरियों से निकलते पनाले।"

मुरली पता निकालता है। "ये स ग च, ये ज़ नदी, उस पर ये दो किलोमीटर लम्बा पुल...ये पता?"

"भाँग खा के आए हो? दो किलोमीटर पुल? हुँह पुल? न नदी न पुल न दो किलोमीटर।"

ईंटों पर पाँव जमाते पनालों को पार करते चार घंटे में स ग च घूम लेते हैं, गुज़रते-विचरते बूढ़ों, नंगे लावारिस बच्चों, बेजार मरगिल्ली औरतों, पान दुकान और हार्डवेयर के दुकानदारों, पंचर बनानेवाले साइकिल दुकानों, अमाम-तमाम जगहों से खोज-पड़ताल करने और पैरों को गन्दा करने के बाद ये बात साफ़ होती है कि स ग च में कोई नदी नहीं है।

रात को कुलकर्णी थका लेकिन चैन की नींद में पड़ता है। अब ख़तरा नहीं। सुबह शर्मा को बता देगा कि फर्गुसन के ख़िलाफ़

कम्प्लेंट सही है। रायलसन को काम मिलना तय है। बॉस ख़ुश। उसकी अन्तरात्मा ख़ुश। मुरली ख़ुश। सब ख़ुश।

निकल गए जंजाल से।

रात बहुत दिनों बाद वो सुकन्या को पास खींचता है। सुकन्या अनमना कर उसका हाथ झिड़क देती है।

"क्या बात है बौरा गए हो क्या? इतनी रात में?"

"इतनी ही रात में तो!"

सुकन्या बैठ जाती है भकुआई-सी।

"तबियत ठीक है न? ठीक है तो सो जाओ?"

फिर धम्म से लेटती है। कुछ देर तक उसका भुनभुनाना ज़ारी रहता है।

ऐसे बास मारते कमरे में प्यार हुँह, एक सूखा पलंग तक नहीं और अरमान ऐसे, जीवन नरक है नरक। अब तो बाबा आई के पास हम चले जाएँगे। अब और नहीं सहा जाता बप्पा अब और नहीं।

दफ़्तर में पहली चाय सुड़कता रा.स. कुलकर्णी मुस्कराता है। मुस्तैदी से शर्मा के पास जाता है।

"हाँ कहो!"

"सर वो ग प्रोजेक्ट की निविदा...।"

"हाँ निविदा...क्या हुआ? बड़े साहब का फ़ोन था। सब पॉलिसी के अनुसार होना चाहिए। रिपोर्ट आज ही सबमिट होनी चाहिए।"

"जी सर वो दरसल फर्गुसन के ख़िलाफ़ जो कम्प्लेंट थी...", कुलकर्णी हकलाता है।

"कम्प्लेंट अनॉनिमस थी?" बॉस हुँकारता है।

"जी जी!"

"फिर? पॉलिसी क्या कहती है? कॉगनिज़ेंस नहीं लेना है क्यों?"

"लेकिन सर", कुलकर्णी पर छींक के दौरे की शुरुआत है।

"हम हम देख...सर वहाँ नदी ही नहीं।"

बाक़ी का वाक्य छींक के भूचाल में दब जाता है।

बॉस बेदिली से इशारा करता है जाने को। रूमाल से अपना चेहरा बचाता है।

मुरली का फुसफुसाता फ़ोन आता है कुछ देर में।

"वो कह रहे हैं कम्प्लेंट को फाड़ो और फर्गुसन के पक्ष में तुरत रिपोर्ट बनाओ।"

"लेकिन कल तक तो रायलसन के पक्ष में कह रहे थे?"

"फर्गुसन ने नाव छतरी गेन्दा मलाई की होगी, समझो यार।"

"ये ग़लत होगा।"

"कुलकर्णी हकलाता है, हम फँस जाएँगे। हमको मालूम है अब कि फर्गुसन फर्ज़ी है। हम फँस जाएँगे।"

"सोच लो कि हम इतवार स ग च नहीं गए थे। बस इतना करना है।"

"बस इतना ही? माने बन्दर की पूँछ उगा लें?"

कॉरिडॉर से कोई झाँकता है। "शुक्रिया सर!"

फर्गुसन का बैजल है।

बहुत पानी है। गाढ़ा, जमा हुआ। पानी-ही-पानी। काला पानी। दुनिया में सब ऐसा ही है। दो भाग में बँटा हुआ। सूखा और गीला। सूखे की क़िस्मत किन्हीं और की है। गीले की क़िस्मत कुलकर्णी जैसे की। दुनिया ही कुलकर्णी है। ग़लत और सही के बीच लटका हुआ त्रिशंकु।

बहुत सोचना अपने को धीमे-धीमे ज़मीन के भीतर धँसाना हुआ। कुलकर्णी को ये तक नहीं पता कि उससे गड़बड़ कहाँ हुई। विजिलेंस ने उसे क्यों पकड़ा। जिन्होंने खेल रचाया वही मासूम हुए। लेकिन पता नहीं किसने खेल रचाया? या शायद कोई खेल नहीं। शायद यही फ़ैक्ट है कि एक दुनिया है चमकीली भव्य शानदार। दूसरी है ज़मीन के भीतर, अँधेरी, गुम हवाओं और बदबूवाली। सबटेरानियन, जिसमें उम्मीद के सूखे की एक किरण नहीं।

बाहर कितनी बारिश है। कीचड़ से लथपथ सब। अस्पताल की इमारत ढह गई। सड़क हर साल बनती है हर साल टूटती है, काग़ज़ों पर फ़ैक्टरियाँ बनती हैं, गाँवों में बिजली आती है, अस्पताल में डॉक्टर जबकि असलियत में वीरान रेगिस्तान, बिन तारों के पोल और भगोड़े

डॉक्टर हैं। काला बाज़ार है, टैक्स की चोरी है, सरकार अन्धी है। न्याय की देवी आँख पर पट्टी बाँधे है। डॉक्टर ने नकली दवा की इंजेक्शन लगाई, मरीज की हालत नाज़ुक है। स्कूल में मिड डे मील में मिलावट से सौ स्कूली बच्चे अस्पताल में भरती हैं, ग्यारह साल की बच्ची का बलात्कार फिर हत्या है, बड़े दफ़्तर के छोटे मुलाज़िम स्कैम में गिरफ़्तार हैं, साहब सौ करोड़ की सम्पत्ति बिन बोले डकारे हैं, हज़ार करोड़, एक हज़ार, यहाँ तक सौ-पचास कुछ भी चलेगा... चलेगा ही हाजरीन, हत्या जेनोसाईड, युद्ध, मौत, बलात्कार, विनाश। यही सब चलेगा।

कुलकर्णी हमेशा पानी की दुनिया में रहेगा। सिर से पैर तक पानी-ही-पानी। पानी के साले कीड़े सब। कोई औक़ात नहीं कोई शऊर नहीं। मरते भी नहीं। सिर उठाए चले आते हैं। आँखों को तकलीफ़ होती है, इन्हें देखकर तकलीफ़ होती है। मरते क्यों नहीं। न! अच्छा है मरते नहीं। फिर मैला कौन ढोएगा? नीचे से ऊपर की दुनिया को अपने कन्धे पर लिये कौन खड़ा रहेगा? कुछ अच्छे सजे रहें उसके लिए बहुतों को गर्दन-भर पानी में धँसे रहना ही होगा। यही नियम है।

नफ़ासत से भरे, शक्ति के दर्प में चूर, अक्खड़, क्रूर, अमानवीय सूखे का तबका जो बाक़ियों को खदेड़ रहा है पानी की तरफ़ ताकि उनका सूखा टुकड़ा महफूज़ रहे।

बारिश के देवता की आराधना सूखेवाले ही करते हैं। हे देवता इतनी बारिश करो कि सब डूब जाएँ, बस हम कुछ लोग बचे रहें सूखे महफूज़। हे देवता।

लेफ्टिनेंट मिलो माईंडर बाईंडर जोसेफ हेलर की किताब कैच 22 का एक काल्पनिक चरित्र है। योसारियन के स्क्वाड्रन के मेस अधिकारी के रूप में वह द्वितीय विश्वयुद्ध के दौरान एक युद्ध मुनाफ़ाखोर है शायद अमेरिकी साहित्य का सबसे अच्छा काल्पनिक मुनाफ़ाखोर।

फौज़ की नौकरी करते हुए वह एक उद्यम शुरू करता है एम. एंड एम. एंटरप्राईज़। ब्लैक मार्केट के ज़रिये से वह चीज़ें ख़रीदता बेचता है और अन्ततः जर्मनी के लिए भी काम करना शुरू करते हुए पियानोसा में अपने ही स्क्वाड्रन पर बमबारी करवाता है।

ख़ैर, शुरुआत में वह ये काम अपने मेस के लिए ताज़े अंडों की ख़रीद से करता है जिन्हें वह सिसिली में एक सेंट पर ख़रीदता है, माल्टा में उन्हीं अंडों को साढ़े चार सेंट पर बेचता है, वापस उन्हें सात सेंट पर ख़रीदता और आख़िर में उन्हीं अंडों को स्क्वाड्रन मेस को पाँच सेंट पर बेच देता है। ऐसा करते उसका सिंडीकेट एक अन्तरराष्ट्रीय गिरोह बन जाता है और मिलो पालेर्मो का मेयर, माल्टा का असिस्टेंट गवर्नर, ओरान का शाह, बगदाद का ख़लीफ़ा, काहिरा का मेयर और कई बुतपरस्त अफ्रीकी देशों में मकई, चावल और बारिश का देवता बन जाता है।

गुम

दिन अब वैसे नहीं जैसे पहले होते थे। अब उनकी शुरुआत अलग तरह से होती है, वे बारहा भारी, बोसीदा और बे-रौनक दिन होते हैं, अजीब मनहूसियत से भरे। जैसे ये घर है जिसे मकान कहना ज़्यादा उपयुक्त है। घर शब्द में जो नर्माहट, जो कोमलता और ऊष्म-सा ताप होता है उससे बिलकुल मरहूम है, ये मकान।

इस घर में दो कमरे हैं। एक जिसे वो बेडरूम कहती है क्योंकि वहाँ वो सोती है और दूसरा छोटा कमरा जिसके एक कोने में प्लास्टिक की दो कुर्सियाँ हैं और दूसरा रसोई का कोना है। कमरे में एक लकड़ी की बदरंग पुरानी काठ की अलमारी है जिसके पल्ले ख़ूब इस्तेमाल से चिकने हो गए हैं। ये अलमारी सोने के कमरे में ज़्यादा माकूल होती लेकिन सोने का कमरा बस इतना भर है कि एक पतली-सी चौकी ही अट पाए। सोने के कमरे की एक दीवार पर एक ताखा है जिस पर उसके भगवान का वास है। कृष्ण भगवान और पीतल की भद्रकाली माँ और अयप्पा स्वामी। एक पुराना कैलेंडर ताखे के पीछे

टँगा है जिसमें सौम्य मूर्ति श्रीराम, प्यारी सीता मैया और उनके चरणों में भक्ति से सर नवाए हाथ जोड़े श्री हनुमान दिखते हैं। कमरे में कहीं भी रहो भगवान श्रीराम की नज़र उसी पर रहती है।

भगवान मुझे देखते मेरी रक्षा करते हैं ऐसा वो हर समय ख़ुद को याद दिलाती है। दोनों कमरों में एक-एक सँकरी खिड़की है। बेडरूम की खिड़की जहाँ खुलती है वहाँ से सिर्फ़ दूसरे बिल्डिंग की दीवार दिखती है, उजाड़ और काई लगी। कुछ महीने पहले ईंट की दीवार के झड़े कोने की ज़रा-सी मिट्टी में एक पीपल का नवजात कच हरा कोमल पत्ता उग आया था। अब खिड़की खुलती है तो ज़रा-सा हरा उसके सीले कमरे में झाँक जाता है। दूसरे कमरे की खिड़की बगलवाली बिल्डिंग के फ्लैट की इत्ती-सी बालकनी में खुलती है। बालकनी में एक बूढ़ी औरत हमेशा बैठी रहती है। उसकी बहू उसे बालकनी की रेलिंग से बाँधकर रखती है। बूढ़ी पगली है शायद। एक बार पगली भाग निकली थी। दो दिन बाद पाई गई थी पास के गणपति मन्दिर के प्रांगण में। तब से बहू और सतर्क हो गई है। बहू दिन-रात मोहल्ले में पगली सास को सँभालने के दुख और संत्रास की कहानियाँ अपने भारी नकियाये स्वर में सुनाती रहती है, कोई सुनना चाहे न सुनना चाहे।

वह चाहे तो बूढ़ी से बात कर सकती है मगर उसके सनकपन और उसकी बहू के दबंगई से डर लगता है। तो खिड़की बन्द रखना ही बेहतर। खिड़की की दरार और फाँकों से बहू के जबरई की आवाज़ फिर भी आती रहती है लेकिन पगली बूढ़ी को यूँ बँधे न देखो तो शान्ति है। कभी जब खिड़की खोलती है बुढ़िया रेलिंग के फाँक से उसे देख मिन्नतें करती है।

कुछ खाने को दे दो। दो दिन से भूखी हूँ। दीदी कुछ दे दो न, चाय ही दे दो, दीदी, दीदी, ऐ दीदी!

पगली की मिन्नत भरी आवाज़ पीछे आती रहती है, खिड़की के दरार से, दीवारों को भेदती, न दिन देखती न रात।

हो सकता है पगली सच ही झूठ बोलती हो। कल देखा नहीं था उसे रोटी चबाते हुए, लार गिराते हुए। कभी उसे दया आ जाती है। पर बालकनी उसकी खिड़की से इतना भी पास नहीं कि कुछ पकड़ाया जा सके।

उसका नाम देवी है। कुछ साल पहले पति की मौत हुई तब से अकेली है। जब पति जीवित था तब वे इससे थोड़े बड़े और बेहतर घर में रहते थे। वो घर उस कम्पनी ने दिया था जहाँ उसका पति काम करता था। उस घर में ठीक-ठाक बेडरूम, किचन और ड्राईंग रूम था। तब वो ख़ुश थे। हर शनिवार को उनके घर दोस्त आते। दफ़्तर के दोस्त। और दिन में उन सबकी बीवियाँ। सब आसपास कम्पनी के क्वार्टर में रहते। दिन में जब पति लोग दफ़्तर चले जाते, पत्नियाँ आ जुटतीं, चाय और गप पर।

जीवन में एक सुकून था। गोपाल अच्छा दिलदार नेक इनसान था। उसे पसन्द था, इतना पसन्द कि जब गोपाल चाहता वो उसे अपने संग मोहब्बत से सोने देती, ना-नुकूर ना करती, उसके लिए प्यार से खाना पकाती, उसके कपड़े धोती। हफ़्ते में वो एक फ़िल्म देखते, हरेक शुक्रवार की नई रिलीज़। कभी हिन्दी फ़िल्म और कभी-कभी

मलयालम जिसे वो दोनों ठीक से नहीं समझते पर फिर भी देखते कि उसे देख उन्हें उस गाँव-देस की याद आती जहाँ वो कभी गए नहीं। दोनों के दादा-परदादा, वायनाड से थे, एक छोटी-सी जगह सुल्तान बथरी, जहाँ टीपू सुल्तान के गोला-बारूद का तोपख़ाना था और बैटरी से बथरी नाम अपभ्रंश हुआ था। यहाँ से उनके बाप-दादा अपने कुनबे के साथ रोज़ी-रोटी की तलाश में निकल पड़े थे पश्चिम के दूर इलाक़े में। उनके बच्चे उसी इलाक़े में पैदा हुए पले-बढ़े और ज़्यादा बड़े शहरों की ओर निकल पड़े थे कुछ और बेहतर जीवन की तलाश में। उनके कुनबे में लेकिन अब भी भाईचारा और अपनापन था। उसी कुनबे में वो शादी-ब्याह भी करते। उसी में उठते-बैठते, त्योहार मनाते, नए बच्चे के पैदा होने का जश्न और मरनी का सोग।

देवी गोपाल के दूर के रिश्ते की थी। गोपाल के दादा देवी की नानी के ननद के चचेरे-ममेरे भाई थे। तो एक विचित्र दूर-दराज़ के रिश्ते से वो एक-दूसरे के भाई-बहन से भी थे। देवी को कई बार लगता कि अगर वो साथ सोते नहीं तो सचमुच भाई-बहन ही होते।

उनके जीने का एक सुर और लय बना हुआ था। ख़ास सादा आदतों के रूटीन में उनके दिन बीतते। सुख छोटी चीज़ों से आता। अलबत्ता दुख किसी पहाड़ के धसकने-सा औचक और आतंक भरे विध्वंस-सा फूट पड़ता। फिर भी, सुख-दुख पर भारी था। इसलिए भी कि देवी और गोपाल एक-दूसरे के संग सुखी थे और इससे भी ज़्यादा कि उनका मन बहुत सरल और मीठा था और दुख के थपेड़ों को उन्होंने इस सादगी से स्वीकार किया था जैसे जीवन के सुख इनके बिना परिपूर्ण न होते।

एक-दूसरे की संगत के अलावा भोजन का रस उनके जीवन में बहुत सुख और सन्तोष लाता। केरल के व्यंजन अब कुछ भ्रष्ट तरीक़े से ही उसकी रसोई में बचे थे जिसे देवी ख़ास दिनों में पकाती, झींगा करी, कारीमीन पॉलिचाथु और थालास्सेरी बिरयानी।

अन्य दिनों में देवी अब इस तरफ़ का खाना पकाती, मोटी रोटियाँ और अचार। अलग-अलग तरह के अन्न को मिलाकर खिचड़ी। बड़े बोयाम-भर अचार, पापड़, खाकरा, वड़ी बनाती। तरह-तरह के मसाले कूटती-भूनती। छोटे शिशियों में भरकर उन्हें अड़ोस-पड़ोस में बेचती, पज़म पोरी, उन्नीअप्पम और इला अडा की भी ख़ूब माँग होती और इस तरह कुछ आमदनी का ज़रिया हो जाता, समय भी कटता। फिर उसे ऐसे काम में आनन्द भी ख़ूब आता। अन्नपूर्णा बनी रहने में, दुलार बाँटने में ख़ुशी मिलती। मातृत्व का सन्तोष-सा, बच्चे को भर पेट खिला देने की तृप्ति-सा। ख़ासकर इसलिए भी कि उनके बच्चे न हुए कभी।

गोपाल भी सुखी रहता कि भली औरत ख़ुद को बझाए रखती है, बच्चे के न होने के दुख में मुँह फुलाए नहीं डोलती। लड़की समझदार है।

ऐसे ही वो उसे हमेशा से बुलाता आया है, ऐ लड़की।

सचमुच कभी लड़की ही तो थी। अब कमर पर ज़रा भारी और भरे सीनेवाली अधेड़ हुई तो क्या? गोपाल की नज़र में तो वही मासूम-सी हरी-भूरी आँखोंवाली लड़की थी। होगा कोई फिरंगी लूटेरा जो सोया होगा किसी मोपला औरत संग और अपनी हरी आँखें विरसे में दे गया होगा। कितनी सुन्दर है अब भी, ऐसा सोचता गोपाल सुखी होता।

देवी गोपाल के लिए वही भोली मासूम दो चोटियोंवाली लड़की थी जिससे विवाह का प्रस्ताव उसे कैसी ख़ुशी दे गया था। वह उसकी सबसे प्यारी चीज़ थी। क्या हुआ जो उनके बच्चे न हुए। फ़र्क़ तो पड़ता था या शायद न भी पड़ता था। जीवन में सब कहाँ मिलता है। ऐसे सोचना ही भली बात थी। शायद देवी भी ऐसे ही सोचती थी।

एक सुकून-शान्ति भरा जीवन। बच्चे होते तो क्या जंजाल होता, इतनी ज़िम्मेदारी, इतना देखना सँभालना, और बड़े होकर उनका चले जाना या वैसे न निकलना जैसे आपके अरमान रहे कितनी दिल तोड़नेवाली बात होती।

ठीक ही ख़ुश है देवी कि बच्चे न हुए। नालायक निकल जाते जैसे उसकी सखी शशिकला के हैं, मुँहजोर और बदतमीज़, या मामी का बेटा सारंग जिसने घर से निकाल दिया उनको, बेचारी मामी, पड़ी हैं अपने भाई के घर दुख-तकलीफ़ में। अब ऐसे दिन तो न देखने की बारी आई।

उसकी सास, भगवान भली करें, जब तक रहीं, हमेशा उसके साथ झगड़ती रहीं, बाँझ औरत, तू तो ऐसी मिट्टी है जिसमें फसल ही न पड़ी। मेरे बेटे के भाग फूटे कि तुझसे ब्याह हुआ। तेरी कंजी आँखों का दीवाना हुआ, ऐसी आँखें तो डायन की आँखें हुईं।

कभी-कभी देवी को भी लगता है कि उसकी आँखें डायन-सी आँखें हैं। इतनी भूरी-हरी। जब हरी होती हैं तो उसे लगता है उसकी शिराओं में कोई एहसास धड़क रहा है ऐसी शिद्दत से कि वो कहीं और की है, कि उसके जीवन में कुछ अधिक कुछ बड़ा घटनेवाला है, कि वो अगर मर्द होती तो आवारा बंजारा होती और निकल पड़ती दूर देश में, नई जगह, नए लोग, नई दुनिया देखने।

ऐसे समयों में अपनी साड़ी कसकर कमर पर खोंस, अपने बालों को कसे जूड़े में बाँध वो कच्ची कैरियाँ काटने लगती है या लाल मिर्च धोने-सुखाने लगती। यही मेरा जीवन है। फिर पति के लिए एक कप चाय बनाती है और कटहल के चिप्स कटोरे में भर रखती है। यही मेरा बच्चा, मेरा पिता, मेरा बन्धु-सखा है।

उसकी सोच मँडराती है। वो सब दिन तो गए। गोपाल गया और ये डेढ़ कमरे का मकान जो उन दोनों ने पैसे सेंत-सेंत कभी ख़रीदा था, अब यही घर है। इस घर में आने के पहले उसे बहुत सारा सामान छोड़ना पड़ा था, चीज़ें जो उसने मोहब्बत में धीरे-धीरे अपनी गृहस्थी में इकट्ठा किया था उन पैसों से जो गोपाल उसे घर चलाने को देता था। छोटी रोज़मर्रा की चीज़ें, स्टेनलेस स्टील का डिनर सेट जो ख़ास मौकों पर निकाला जाता, रेडियो फिर बाद में ख़रीदा टेपरिकॉर्डर। उसे काम करते गाने सुनने का शौक़ था। लता और आशा, मुकेश और रफ़ी के गाने गुनगुनाती रहती। उसे किशोर नहीं पसन्द था, उसके गाने उसे हल्के लगते। रफ़ी और लता के गाने सुनते उसे लगता कोई तीखी कटारी उसके दिल को चीर रही है। प्यार, धोखा, दुख तकलीफ़ और भावनाओं का ऐसा संसार जहाँ पहुँचते ही उसका दिल चूर-चूर होने लगता। *रुला के गया सपना मेरा* और *माई री मैं कासे कहूँ पीर अपने जिया की माई री* सुनते उसकी आँख भर जाती।

ऐसे वक़्त से फिर रोकर निकलना उसे भीतर से साफ़ कर देता। उसमें एक नई ऊर्जा भर देता। फिर उसके पास और चीज़ें भी थीं। वो

बड़ा सा टिन का सन्दूक़ जिसमें उसकी कीमती रेशम की साड़ियाँ और कुछ गहने, कशीदाकारी किया वो ख़ूबसूरत-सा चादर जिसके मैचिंग तकिए के खोल थे जिस पर कितनी मेहनत से उसने अंग्रेज़ी में वेलकम काढ़ा था। उसने गोपाल को कहा था पहले लिखने फिर बड़ी मेहनत से उसकी नकल की थी। सिर्फ़ ये हुआ था कि कढ़ाई करते सी और ओ के रेशम के धागे जुड़ से गए थे। सी की बाँह ओ की पीठ पर चढ़ गई थी। पर ई का तीखा घुमाव किसी बिच्छु की डंक-सा घूम गया था।

सन्दूक़ में डिज़ाईन की किताबें, पाकिस्तानी अचार बनाने की विधियाँ, बँगाली बैंगन रायता और बिहारी लड्डू की पाक-पुस्तिका भी थी। उसे ऐसी विधियाँ जमा करने का जुनून था और हर इतवार उसमें से देख नया व्यंजन बनाने की ख़ब्त। जब व्यंजन ठीक बन जाता तो अगले शनिवार जब सब दोस्त इकट्ठा होते तो उसे फिर बनाया जाता। सब अपने घर से कोई एक व्यंजन बनाकर लाते। हमेशा जुटान उनके ही घर होती। गोपाल कहता कि चूँकि हमारे बच्चे नहीं यहाँ आयोजन करना ज़्यादा आसान है।

देवी को भी ये ठीक लगता। घर गुलज़ार हो जाता। बच्चे सबके बालकनी में खेलते और बड़े भीतर गप। बच्चों को भी देवी ताई के अजूबे ख़ुश करते। कभी चाँद तारा की शक्ल की मठरियाँ घी में तली, कभी खरबूजे की गोलियाँ, कभी तिकोन ब्रेड के तले टुकड़े, कभी लेमोनेड, कभी आम पन्ना। बच्चों के लिए उसका दिमाग़ चलता। उनको काग़ज़ और पेंट देती कि रंगो उँगलियों से, कभी रंगीन ऊन के टुकड़ों को मोटे गत्ते पर चिपकाने को, कभी कोई मज़ेदार खेल। बच्चे हर शनिवार का इन्तज़ार करते।

सन्दूक़ में अब भी दहेज में मिला चाँदी का पत्ता और सुपारी और चाँदी की मछली सँभालकर रखा था एक मलमल के कपड़े में। महीने में एक बार वो अपना सन्दूक़ खोलती और सारी चीज़ों को हवा दिखाती। ये ब्याह की पीली सुनहरी किनारेवाली रेशमी साड़ी, ये पीले ज़री का चादर, ये रेशम के ब्लाउज़, गोपाल के बाहर के कपड़े, उसकी अन्य कीमती साड़ी, ये कुर्ता और लुंगी, ये घड़ी और कुछ फ़ोटोग्राफ़।

सन्दूक़ के अलावा उसके पास एक सिलाई मशीन भी थी। जिन दोपहरों को वो अचार नहीं बनाती या सखियों संग गप्प नहीं करती, उन दोपहरों को वो ब्लाउज़ और पेटीकोट सिलती, पजामा और पर्दे। उसकी सिलाई सुघड़ थी। सिलाई मशीन उसकी माँ ने दी थी जो अलबत्ता सेकेंड हैंड थी पर उसके रखरखाव में चमचमाती रहती।

उसने उसका एक झालरोंवाला खोल बनाया था अपनी पुरानी नीले फूलोंवाली छापेदार साड़ी से। आँचलवाले हिस्से से उसने झालर बनाई थी जिसमें हरी और नीली धारियाँ पगलाई हुई एक-दूसरे के गिर्द घूमतीं। इन धारियों को देख उसे समन्दर की याद आती। ऐसा समन्दर जो उसने देखा न था। वही समन्दर जो अपने लहरों पर सवार उस सफ़ेद चमड़ी और हरी-भूरी आँखोंवाले पुरखे को घूमने के रोमांच से लाया होगा। उसे लगता न सिर्फ़ उसकी कंजी आँखें उसे विरसे में मिली बल्कि उसके घूमने का पागलपन भी रगों में दौड़ता, समन्दर की लहरों की तरह दूर के किनारे उसे पुकारते हैं अपनी पगलाई विकल पुकार में। ऐसी लालसाओं को मज़बूती से

दबाती देवी कपड़े सीने लगती, टेबल क्लॉथ और कुर्सी के कवर बनाने लगती। उसके घर की हर चीज़ कपड़े के झालरदार, क्रोशिये के लेस से सजी ढँकी रहती।

फिर एक दीवार घड़ी थी। कभी एक बार वो शहर के बाहर गए थे वहीं से लिया था। धार्मिक जगह थी। सास ने बच्चे के लिए मन्नत माँगी थी और दरगाह जाकर उन्हें धागा बाँधना था और चादर चढ़ानी थी। अब भी देवी बड़े मोह से याद करती है, कितना शानदार था बस में बैठना रात-भर सफ़र करना। रुकना, जहाँ बस रुकती और नानखटाई या आलू टिक्की खाकर फिर ड्राइवर के बेतहाशा हॉर्न बजाने पर धड़फड़ाकर बस पर चढ़ना और चल पड़ना। फिर लगभग बीच रात किसी ढाबे के बगल में बस रुकी थी। उन्हें खाने के लिए बहुत देर रुकना पड़ा था। ढाबे पर बहुत मुसाफ़िर थे। फिर खाना आया था, सादा-सी दाल, सब्ज़ियाँ और तन्दूरी रोटी।

तुम खाना अच्छा बनाती हो लेकिन इस खाने में अलग हाथ का स्वाद है, है न?

गोपाल ने उँगलियों पर लगी दाल को चाटते कहा था। देवी मुस्कराई थी।

मैं पौ फटने का इन्तज़ार कर रही हूँ ताकि मैं खेत, पेड़ और घर देख सकूँ, लोगों को देख सकूँ, औरतें, बच्चे, उनकी पोशाक, उनकी भाषा, सब।

ऐसा कहते उसकी आँखें कहीं खो गई थीं और एक पल को गोपाल को ऐसा लगा कि ये उसकी देवी नहीं कोई और है जिसे वो बिलकुल नहीं जानता।

उसने तुरत अपनी निगाहें बदली थीं और जल्दी से बुदबुदा कर कहा था।

ये अचार कितना फ़र्क़ है न, बिलकुल हमारे अचार से फ़र्क़।

लेकिन प्यारी! अचार तुम बेहतर बनाती हो। अचानक निश्चिन्त होते गोपाल ने कहा था।

वो रात-भर सफ़र में थे। फिर अल्ल सुबह उन्हें बस बदलनी थी। उसमें तीन घंटे चलकर दरगाह तक पहुँचे थे। वहाँ अथाह भीड़ थी। सब किसी दुख का निवारण करवाने पहुँचे थे। देवी और गोपाल ने धागा बाँधा था, चादर चढ़ाई थी, सड़क के किनारे खोमचे से आलू-पूड़ी खाई थी। आसपास कुकुरमुत्ते की तरह उग आए बाज़ार में टहले थे। पवित्र काला धागा, कड़ा और काँच की चूड़ियाँ, चमकीला काला पर्स, चित्रोंवाली एक किताब और एक दीवालघड़ी जिस पर गोपाल का दिल आ गया था, ख़रीदी थी। इतना चलने से उसके तलुये दुख गए थे पर उसकी आत्मा उड़ान में थी, उसके शरीर से विलगती भीड़ में समाती। काठियावाड़ी औरतें और उनकी नौ गज़ी साड़ी, मुसलमान औरतें बुर्के में, पंजाबी औरतें शलवार-शमीज़ में, बच्चे किलकते-हँसते-रोते, ज़िद करते, हज़ार सवाल पूछते। उसकी आत्मा दीप्त हो रही थी और बन्द बस में, लौटती सफ़र का अन्देशा, दुखी।

सालों तक उसके बाद उसकी बात इसी से शुरू होती।

जी! तुम्हें याद है जिस साल तुम्हारा चौह उखड़ा था? शायद जिस साल हम दरगाह गए थे उसके दो साल बाद, क्यों जी?

या

दरगाह जाने के एक साल पहले कैसी बारिश हुई थी कि बगल की गली तक में घुटने-भर पानी भर गया था। दरगाह जाना जैसे उनके जीवन के सालों का सन्दर्भ बिन्दु बन गया था। गोपाल को तकलीफ़ होती कि फिर कभी देवी को कहीं घुमाने न ले जा पाया।

वो उसे 'जी' पुकारती। वह उसे 'लड़की'। लेकिन दरगाह की मन्नतों के बावज़ूद उनके घर बच्चा न हुआ। वैसे एक अचरज की बात हुई थी। दरगाह से तीन महीने बाद उसकी माहवारी बन्द हो गई थी। उसका पेट फूलने लगा था। उसे मितली आती। पर घर में उसने किसी से ज़िक्र न किया। लेकिन फिर अचानक उसकी माहवारी शुरू हो गई। उसका पेट अब भी फूला था। घबड़ाकर बगल के डिसपेंसरी में गई जहाँ लेडी डॉक्टर ने बताया कि कभी-कभी दिमाग़ के ऐसे खेल हो जाते हैं। स्यूडो प्रेगनेंसी।

बाई तुम पेट से नहीं हो लेकिन ईश्वर ने चाहा तो तुम्हारे घर बच्चे खेलेंगे।

लेकिन उसका पेट जो ज़रा फूल गया था फिर कभी नहीं पिचका। अलबत्ता बच्चा भी कभी न हुआ। अब भी जब उसका वज़न एकदम कम हो गया है पेट अब भी भारी है।

मैं अपने अजन्मे बच्चे को हरदम अपने भीतर लिये चलती हूँ। कई बार वो अपने पेट से बात करती है। अपनी हथेलियों को पेट पर फैला, उनकी गर्मी महसूसती बात करती है। अब और भी ज़्यादा जब से गोपाल गया और कोई बात करनेवाला बचा

नहीं है। ये अजन्मा बच्चा ही सब कुछ है मेरा। उसकी ठंडी आह निकल जाती।

गोपाल के जाने के बाद उसे कम्पनी का घर छोड़ना पड़ा। ऐसे आनन-फानन में गया कि किसी इलाज का समय तक न मिला। इतवार का दिन था। बहुत कुछ कम्पनी के मालिक रज़ा अहमद के हार्ट अटैक की तरह जो उनको भी इतवार को ही हुआ था। पर किसी जादू ने उनको बचा लिया था। गोपाल के साथ ऐसा कोई करिश्मा न हुआ। बस ऐसे ही आम दिन में आम रोज़मर्रा की तरह बिताते कूच कर गया। दोपहर में कितने मन से मछली-भात खाया था। फिर एक नींद लेने बिस्तर पर। शाम की चाय लेकर जब देवी उठाने गई थी, पंछी तब तक फुर्र हो गया था।

जब वो मर रहा था देवी उसके लिए पजामे सिल रही थी। मशीन की घिर्र-घिर्र आवाज़ ने सब दबा दिया था।

रज़ा साहब की बहू सबा अहमद मातम-पुर्सी के लिए आई थी। उसे प्रॉविडेंट फंड और ग्रैच्यूईटी के पैसे पकड़ाए थे। घर का जो लोन था, उसे कम्पनी चुका देगी ये कहा था और ये कि पन्द्रह दिन के अन्दर कम्पनी का घर ख़ाली करना होगा और गोपाल का कुछ अल्लम-गल्लम सामान जो दफ़्तर में पड़ा था उसे भिजवा दिया जाएगा।

जीवन एक झटके में ख़त्म हो गया था। इस विकराल दुख-भरे समय में घर से भी दूर हो जाना, किसी डरावने सपने-सा था। गोपाल के ज़िन्दा रहते जो दोस्तों का संसार था, उसके जाते ही झेंप भरी

बिस्तर का चादर छूने से किरकिरा, गन्दा, गिजगिजाहट भरा रहता है। रसोई में सड़ी-सी महक डोलती है। ताखों के भीतर फफूँद उग आए हैं। उसके कपड़े अब बिन धुले रहते हैं। बर्तन अनधुले, सूखे खाने से खरकट्टे। रेडियो अब कभी नहीं बजता। कमरे में कोई आवाज़ नहीं गूँजती, कोई उपस्थिति इस घर के विकराल शून्य को नहीं भरती। उसका जीवन परित्यक्त जीवन है अब। वह जीवन से गुम हो गई है, अपने-आपसे गुम। काया के भीतर जैसे सब बुझ गया हो। खाली शरीर, नि:शब्द परछाईं।

और बहुत दिन बाद किसी एक दिन जब हिम्मत कर, किसी पुरानी कौंध को याद कर खिड़की खोल बाहर झाँकती है, उस पार बालकनी से बूढ़ी की कर्कश बेसुरी आवाज़ आती है, ए! तेरे आँखों में किच्ची है, जा मुँह धो, कपड़े बदल!

बूढ़ी पगली साफ़ कपड़ों में ताज़ातरीन सतर अपनी तंग बालकनी में खड़ी है।

देवी कहती है, दीदी कुछ खाने को दे दो, दीदी ए दीदी। उसकी आवाज़ बेपहचान की आहट से फुसफुसाती है, अपनी ही ध्वनि से घबड़ाई, सहमी। इस दुनिया से गुम, इस जीने से गुम। कोई बहुत दूर से पुकारता है ऐ लड़की, प्यारी लड़की मेरी।

कोई चील ऊपर नीले आसमान में गोल-गोल चक्कर काटता है। देवी लेट जाती है। शान्त स्थिर। बहुत दिनों बाद उसके चेहरे पर मुस्कराहट है। गुम के देश में ये उसकी पहली मुस्कान है।

बेरूखी में धीरे-धीरे विलीन हो गया। उनकी बीवियाँ जो उसके हाथ का खाना खाते थकती नहीं थीं, उसके साथ दुख-सुख बाँटते जिनका मन नहीं भरता था, अब सब दूर हो चली थीं। ये गोरी कंजी आँखों वाली औरत अब अकेली थी और कोई पति ज़रा भी सहानुभूति या तारीफ़ के दो शब्द कहने की ग़लती करता उनकी बीवियाँ मारे शक के डर जातीं। ये शक और डाह की दुनिया चलनी नहीं थी और इसलिए इस तरह उनका आना धीमे-धीमे घटता-घटता ख़त्म हो गया।

इस बेरूखी की इतनी तकलीफ़ हुई देवी को। ये जानना बहुत दुश्कर था कि जिन बच्चों को उसने तहे दिल से प्यार किया, दुलारा, जिनके माँ-बाप उसके इतने प्यार के शुक्रगुज़ार रहते, जिनको उसने अपने स्नेह के ताप से भर दिया था, ऐसी प्यारी स्नेहिल ऊष्मा अब सिर्फ़ गोपाल के चले जाने-भर से उसकी दुनिया से दूर हुई।

अपने भोलेपन में उसने सोचा था कि गोपाल की मौत के बाद वो उसे हाथों-हाथ लेंगे, उस पर ध्यान और दुलार की बारिश कर देंगे, उसको गोपाल की कमी महसूस न करने देंगे, काश कि ऐसा होता। उसकी छाती उनके क्रूर ठंडे व्यवहार से दरक-दरक गई।

छोटे से घर में किसी तंग गलियों वाले संसार में रहना भी भयावह था। उसका दूर हो जाना दोस्तों के लिए निजात लाया। अब अपनी बेरूखी को दूरी का जामा पहना ढँक सकते थे।

देवी को नया घर नापसन्द था। नफ़रत थी उसे। इस घर की कोई स्मृति नहीं थी जो उसके अकेलेपन को भर देती, कोई अमीर यादों की पोटली नहीं थी जिसे निकाल-निकाल प्यार से सहला-दुलरा अपने मन को बंजर होने से बचा पाती। शिद्दत से अपने पुराने घर के

धूप अटे बरामदे को याद करती, जहाँ अचार और मुरब्बे की शीशियाँ धूप में धीमे-धीमे पकतीं, जहाँ गोपाल अख़बार में या अपने मेकानो सेट में बझा रहता और बगल में धूप में बैठी वो सिलाई-बिनाई करती और रेडियो पर बजता एक तड़प भरा गाना, *अभी न जाओ छोड़कर कि दिल अभी भरा नहीं।*

उसे याद आया गोपाल मशीनों के कल-पुर्जे सही करने में कितना माहिर हुआ करता था। कोई बिगड़ा रेडियो, घड़ी, सिलाई-मशीन या कुछ भी, मिनटों में खोल तेल-वेल डाल ठीक कर दुबारा सेट कर देता था।

उस पुराने घर की ऊष्मा उसे याद आती, किसी और इनसान की महक, खाना पकने की ख़ुशबू, साफ़ धुले धूप में सूखते कपड़ों की करारी महक। यहाँ इस घर में हर चीज़ नम थी, सीली थी। अँधेरे की महक उसे कभी छोड़ती न थी। साफ़ धुले स्वच्छ की महक के लिए उसके दिल में हूक उठती।

उसे गोपाल के साथ की हूक उठती, उसके साथ सुबह की चाय पीते बतियाना याद आता, रात उसके शरीर की गर्माहट याद आती, उसके होने की तसल्ली याद आती, अपने बेसहारा होने का तीखा भय उसे मार डालता। ऐसे अकेले में उसकी मौत आनी है अब। बीमार पड़ी तो कौन देखेगा का हदस उसकी साँस रोक देता। लगता कोई खाई के मुहाने पर खड़ी है, एक क़दम, एक साँस लेते ही ज़मीन पाँव तले खिसक जाएगी। ये भय उसकी सुबह-दोपहर-रात को आक्रान्त कर देता।

रात डर से उठ बैठती, अँधेरे को आँखें फाड़े देखती, फटी आँखें दर्द से भर जातीं। गोपाल तुम कैसे चले गए मुझे ऐसे अनाथ

छोड़कर? कई बार उसने चाहा था कि काश गोपाल की जगह उसे मौत आई हुई होती।

पुराना घर उसकी स्मृति में बड़ा-बड़ा होता जाता। उसके वज़ूद को समेटता ढकता हुआ। जितना ये घर गुम्म सीला फफूँद लगा बासी सड़ा हुआ होता जाता, उस घर की गर्मी सफ़ाई और धूप उसके दिल-दिमाग़ में बढ़ती जाती। और ये जितना होता जाता उतना ही वो अपने मन में वास करने लगती। जैसे शरीर को नकार, अपने आसपास की सचाई को भूल जाना हुआ। उसकी शारीरिकता घटने लगी, सिकुड़ने लगी। कई-कई दिन बीत जाते जब उसने एक भी शब्द उचारा हो। घबड़ाकर वो अपने-आपमें गुम हो जाती, डरती कि कहीं पागल तो नहीं हो रही।

सामने की बूढ़ी औरत पर अचानक उसे दया आने लगती। ओह शायद उसे पागल कहना ग़लत होगा। शायद बेचारी अपनी इस दशा की ज़िम्मेदार नहीं। जैसे देवी अपने होश में नहीं शायद ऐसे ही।

कई बार इस कमरे से उस कमरे तक चहलक़दमी करती अपने चाप गिनती है। फिर बिस्तर के नीचे से अपनी सिलाई मशीन निकाल, उसका बॉबिन निकालती, उसमें धागा भरती है और हैंडल चलाती है। मशीन की घिर्र-घिर्र का संगीत उसमें आश्वस्ति भरता है। कई बार चावल पकाते कोई गीत गुनगुनाती है और इस गुनगुनाहट में दाल पकाना भूल जाती है। फिर सादा-गीला चावल का बड़ा कौर मुँह में ठूँसती अचानक रोने लगती है। ओह अब कोई उसे 'ऐ लड़की' नहीं पुकारता।

कमरे में हरेक रोज़ पहले से ज़्यादा अँधेरा भरता जाता है। उसकी दीवारें हमेशा गीली रहती हैं, एक बोसीदा महक छतों से चूती है।

ईनारदाना

मुझे एक घर चाहिए था। हवा और रोशनी से भरा। पीले-नारंगी-फिरोज़ी और सब्ज़ रंगों से सजा। मैंने तब पॉल गोगाँ नहीं जाना था, मून एंड सिक्स पेंस नहीं पढ़ा था। लेकिन मेरे दीवार पर एक हरियाली दुनिया रँगती थी, जंगल और तितलियाँ। फ़र्श एकदम शफ़्फ़ाक़ सफ़ेद और आँगन लाल पक्के की।

जाली से रोशनी झरती और धूल के कण सोने के बुरादे से चमकते फ़र्श पर गिरते। खिड़की से आसमान दिखता, पेड़ों की टहनियाँ दिखतीं। जीवन दिखता, गिलहरियाँ दिखतीं और कभी-कभी कोई लाल चोंचवाला तोता भी।

मैं नींद में तरबतर। कोई लिसलिसी चीज़ मेरे शरीर पर रेंगती है। मेरा बदन जुगुप्सा से सिकुड़ जाता है। दम घुट रहा है। ये चादर जो मैंने लपेट रखा है, काश लोहे का हो जाए। इसमें हवा-पानी कुछ भी न

समाए। मैं इस छोटी जगह क़ैद हूँ, क़ैद हूँ। महफ़ूज़ हूँ। ओ मेरे मौला। मैं रोती जाती हूँ। सुबह तकिया गीला है। अवसाद है।

बरामदे में चहल-पहल है। धूप में इक छाया-सी दिखती है। बरतनों की खटपट है। होना था संगीत लेकिन जाने क्या कर्कश-सा कानों में चुभता है।

कोई पुकारता है, न, मेरा नाम नहीं। मैं कहीं और हूँ। इस जगह की नहीं, इस वक़्त नहीं। सब रुक जाए। बस इसी वक़्त। सब। ओह सब सब। मेरे भीतर कोई ताली पीटता है लगातार। मैं कानों को ढँक लेती हूँ।

माँ कहती थीं, किताबें ख़रीदने के लिए पैसे नहीं हैं। लाइब्रेरी से लाकर पढ़ो। मैं मसहरी के अन्दर छुपकर किताबें पढ़ती। मैं कितनी चुप्पा लड़की थी। दोस्त नहीं थे सिर्फ़ किताबें थीं और उन्हीं दुनिया में मैं विचरती। हमारे घर के ऊपर विजया रहती थी। विजयलक्ष्मी। उसकी शादी पन्द्रह साल की उमर में हो गई थी। उसका छोकरा पति जब-जब आता वह घर में बन्द हो जाती और खिड़की से ललचाई आँखों हमें खेलते देखती। मुझे शादी का मतलब नहीं पता था। विजया को भी नहीं पता था। उसकी माँ उसे तब साड़ी पहनवा देती और माँग में मोटा सिन्दूर लगवा देती। विजया के लिए शादी का मतलब घर में, साड़ी में, क़ैद था।

विजया को देख मुझे शादी से नफ़रत हो गई थी। एक दोपहरी उसने रोते बताया था, उसके पति ने कैसे उसका मुँह दाब उससे कुछ

गन्दा काम किया था। बहुत दर्द हुआ था। मेरे कान लाल हो गए थे, चेहरा गर्म। ऐसा क्या? उसने फिर संकेतों में झिझकते जो कहा था मेरी दुनिया हवा हो गई थी। शरीर सुन्न।

क्या सब यही करते हैं? गन्दा काम?

मेरे अन्दर बहुत-सा डर है लेकिन मैं सब भूल गई हूँ। बीरेन भाई की चिट्ठी आती है, तुम्हें आशीर्वाद। मैं बेतहाशा हँसती हूँ। मेरा चेहरा बिगड़ जाता है। माँ कहती हैं तुम बहुत उच्छृंखल होती जा रही हो। बड़ों का लिहाज़ नहीं रहा तुम्हें। ऐसे विद्रोहिणी बने रहना हर समय सही है?

माँ तुम कुछ नहीं जानती। कुछ जानना भी नहीं चाहती। कभी- कभी मुझे शक होता है, माँ मेरी असली माँ हैं? कोई इतना अनजान? नामुमकिन।

मुझे अकेले रहना अच्छा लगता है। चुपचाप लेटे दिवास्वप्न देखना। सोचती हूँ किसी नाव पर अकेले नदी में बहती जाती हूँ। दिन-महीने-साल। फिर अपनी बेवक़ूफ़ी पर ख़ुद ही तरस आता है। ऐसे भी क्या खोए रहना।

ये सब पुराने दिन हैं। कभी याद करूँ तो रंग उड़े, फटे उजड़े दिन।

अली से मैं सब कह सकती हूँ। कह सकती हूँ न अली?

अली मुझे एक बार देखता है फिर अपने काम में लग जाता है। कोई किताब पढ़ रहा है। मैं अली के घुटने पर सर टेक सो जाती हूँ। एक बार हाथ बढ़ा मेरे बाल सहलाता है।

अली को मैं बहुत नहीं जानती लेकिन बावज़ूद उसे इतने कम समय में अपना सब कुछ बता डालने की इंटेंस इच्छा मुझे नहीं छोड़ती।

माँ जानती हैं मैं अली के साथ एक महीने से रह रही हूँ। मैंने ही उनको बताया। कुछ ढीठाई से।

माँ मैं अपने दोस्त के साथ रहने जा रही हूँ।

माँ की सशंकित आवाज़, कौन? मैना?

मैना मेरी सहेली। मैना मजूमदार। मुझसे दस साल बड़ी। मुँहफट, बददिमाग़, दबंग दुष्ट। माँ को बिलकुल नहीं पसन्द।

मैं : न

माँ : फिर?

मैं : अली

कुछ देर का मौन फिर माँ की आशंकित-सी आवाज़, मुसलमान है?

मैं : मालूम नहीं लेकिन नाम से ऐसा ही लगता है न।

अली ईरानी है। पीला गोरा और दाढ़ी काली। छोटे कुतरे बाल और बड़ी सी पेशानी। शायद कुछ साल में सामने के बाल उड़ जाएँगे।

मैं इतने साल अकेले रहकर ऊब गई थी। अपने से ऊब। माँ को मेरी शादी की चिन्ता होती। पिता बचपन में गुज़र गए थे। शादी

करानेवाला कोई न था। होता भी तो मैं करती नहीं। माँ भरसक इधर-उधर के रिश्ते लातीं। मैं एक के बाद एक मना।

कुछ दिन मैना के साथ रही पर रास न आया। वो हद से ज़्यादा डॉमिनेटिंग थी। मुझसे स्नेह करती लेकिन मुझ पर हुकुम भी चलाती।

एक सीमा के बाद मैं निकल आई थी। मैना हर्ट हुई थी।

आई लव यू डार्लिंग, तुम्हें पता है न।

यस आई नो। मैंने सिगरेट का धुआँ छोड़ा था। अचानक मैं कहीं मज़बूत हो गई थी।

सुनो, मैं तुम्हारे साथ सोना नहीं चाहती, तुम जानती हो न।

मैं कैसे एकदम ब्लंट हो गई थी।

मैना ने कभी ऐसा तो नहीं कहा था मुझसे। हो सकता है कि मुझसे बहनोंवाला प्यार करती हो। वह मुझे कई बार छूती थी। कभी बाल उठाकर गर्दन मालिश कर देना, कभी मेरे पाँव अपने गोद में रख सहला देना। लेकिन इसके अलावा और कुछ नहीं। फिर ऐसी मुँहफट बात मैं कैसे कह पाई? मैं जो चुप्पा लड़की थी।

मैना का चेहरा पीला पड़ गया था।

तुम पागल हो। यू हैव गॉन क्रेज़ी।

लेकिन सच में उसका चेहरा काँप रहा था।

मेरे अन्दर एक क्रूर जानवर गुर्रा रहा था। मैं किसका बदला ले रही थी। किससे? ऐसे अपने प्यार करनेवाले को जलील करना सही था क्या? मैंने सिगरेट उस पुराने प्याले में रगड़कर बुझाया था। फिर अपना झोला उठाए निकल पड़ी थी।

बाहर झीसी गिरती थी। मेरे बालों पर, मेरे कपड़ों पर महीन बूँदों का झालर सज गया था। पार्क के अन्तिम छोर पर एक बेंच पर बैठ गई थी।

मैना सुन्दर थी। बलिष्ठ और मस्क्यूलर। लम्बी नहीं थी। लेकिन उसके गोरे चेहरे पर ख़ूब पानी था। उसका शरीर कुछ ऐसा था जो सुडौल न होते हुए भी सेक्सुअली अट्रैक्टिव था। उसके शरीर से एक जानवर गन्ध आती थी जो मुझे एक ही पल में आकर्षण और विकर्षण का एहसास कराता। लेकिन असली बात थी कि मैं लेस्बियन नहीं थी। और मुझमें बहनापे का बहुत एहसास भी नहीं था। मैं ज़रा-सी टॉमब्याय थी, बहुत-सी अपने में गुम लड़की थी। लड़के मुझे बचकाने लगते। मर्द मुझमें दिलचस्पी न लेते। मुझमें नाज़ो-नखरे की कमी थी। मैं कोकेत नहीं थी। मेरा सीना सपाट था और किसी बदमाश हरामखोर ने कभी सलाह दी थी कि मैं पैडेड ब्रा पहना करूँ।

पार्क में दो-एक लड़कियाँ नंगे पाँव घास पर चलती थीं। उन्होंने पीले रेनकोट पहन रखे थे और हाथों में उतारे सैंडल्स झूल रहे थे। मैं भीगती उनको देख रही थी। वो मुझसे अनजान थीं। उनका निश्छल ऐसे होना, कितना मासूम। जैसे ख़ुशी का एक टुकड़ा अचानक धरती पर उतर आया हो। पर मैं तो उस टुकड़े की ज़द से बाहर थी। मैं दुखी भी नहीं थी। बस थी, जैसे अनमनी हमेशा। जैसे जीवन निकलता चला हो और मैं स्लीप वाकिंग कर रही होऊँ। कहीं भी पूरी नहीं।

बीरेन भाई का कोई मेल था। रूटीन मेल। सबको किया हुआ। कोई सूचना। हफ़्ते-भर के लिए बाहर। कोई दौरा। विदेश। बस ऐसे कोई ख़ास नहीं। मैंने मेल डीलीट कर दिया था। अब मुझे कुछ नहीं होता। सच।

एक वक़्त था मैंने उनकी तसवीरें कैंची से काटी थीं। फिर टुकड़ों को माचिस दिखाई थी। मेरे हाथ तो काँपे न थे। मैं बड़ी सख़्तजान थी।

अली मुझे किसी काम के सिलसिले मिला था। वो बहुत कम बोलता। लेकिन सुनता बहुत ध्यान से था। ऐसे जैसे उस वक़्त उससे अहम-फहम और कोई चीज़ न हो इस भरी दुनिया में। उसकी भाषा में व्याकरण न था। टुकड़ों में बात करता। अगर एक शब्द से काम चल जाए तो तीन बोलने में क्यों ऊर्जा ज़ाया की जाए।

उसके हाथ बहुत सुन्दर थे। पाँव भी। एकदम साफ़, गुलाबी। जैसे जीवन से भरे हुए। मैं उसके हाथ और पाँव को देर तक ताकते रह सकती। किसी कंस्ट्रक्शन कम्पनी में मार्केटिंग में था। कई जगहों की दुनिया देखी हुई थी उसकी।

मुझसे क्यों अटका आश्चर्य? कभी मैना ने ही कहा था कि तुम्हारी ख़ूबसूरती इसी में है कि तुम अपने-आपसे इतनी बेलौस हो।

न मैं बेलौस नहीं थी। मैं अच्छी दिखना चाहती थी, तब जब कोई मिल जाता, जिसके लिए दिखने का मन होता। मैं अली से लापरवाह थी। या होने का दिखावा करती थी। मैं ख़ुद को नहीं जानती थी क्या?

ये सफ़ेद कमीज़ और ढीलम-ढाले पतलून में, आस्तीन कुहनियों तक चढ़ाए, कानों तक कटे बाल में, धकधक फूँकते सिगरेट में, रात

छत पर हाथ-पैर फैलाए चित लेटे में, जाने कौन सी ख़्वाहिश पूरी करती थी।

ऐसी आवारागर्द कि माँ मुझसे बेज़ार हो गई थीं। मुझसे जब बात करतीं, उनकी आवाज़ में डर होता। जाने कौन सी भयानक बात कह दूँ।

मैं माँ को भी तो पनिश कर रही थी। मेरी तकलीफ़ से ऐसे अनजान बने रहने के लिए। कितना ग़ुस्सा मेरे भीतर था। ऊपर कितनी शान्त थी लेकिन कभी-कभी कितनी क्रूर।

मैं बहुत-सी दुनिया देखना चाहती थी लेकिन उसके लिए किया जाने वाला दीवानापन मुझमें नहीं था। मैं हद दर्ज़े की काहिल थी। यूँ पलंग पर पड़े रहना और सिर्फ़ सोचना। ये काम बख़ूबी होता मुझसे। ट्रेन पकड़कर सौ किलोमीटर दूर जाने में भी मेरी जान जाती। मैं ख़ूब लिखना चाहती थी लेकिन कैसे और क्या? मेरे हाथों भाव फिसल जाते। अपने भी। कोई इंटेंस फीलींग को पकड़कर रखना चाहती, जैसे पुराने अलबम में पिन से टाँके गए फूल। लेकिन वो एहसास जब तक ठोस होता उसके बाहरी किनारे उधड़ने लगते।

किसी दिन कॉफ़ी पीते अली ने एक वाक्य कहा था,

मूव इन विद मी।

मैंने कहा था, ठीक।

उसने कहा था, ये कॉफ़ी बहुत मीठी है।

मैंने कहा था, तुमने मेरे कप से सिप लिया है।

मैं दुबली थी और मीठा बहुत खाती थी। एक साथ पाँच रसगुल्ले, एक साथ दो टब आईसक्रीम, एक साथ तीन शुगर डोनट्स।

अली एक क़तरा भी चीनी नहीं लेता था। इस घोर अलगाव के बावज़ूद मैं अगले दिन उसके घर में शिफ्ट हो गई थी। अपने साथ एक बड़ा जार चीनी का सीने से लगाए।

मैना का फ़ोन था। उसकी आवाज़ अजनबी आवाज़ थी। मेरा कुछ सामान अब भी उसके घर पड़ा था। मुझे इत्तिला कर रही थी।

मैंने ठंडे स्वर में कहा था, आई डोंट नीड देम एनीमोर। यू कैन डम्प देम इन द गार्बेज।

ये मज़ेदार बात थी। हम ऐसे बर्ताव कर रहे थे जैसे पुराने प्रेमी हों जो अलग हो रहे हों। मैं जबकि दिल-ही-दिल में जानती थी कि मेरा बर्ताव ग़लत था। कोई डिस्ट्रक्टिव धारा मेरे भीतर बहती थी। फिर मैं डरने लगी कि आज जो मैं अली को इतना पसन्द कर रही हूँ, कल को उसके साथ भी?

मैं उसके साथ सोना टालती रही थी कई दिन। पहले पीरीयड्स फिर माईग्रेन, फिर थकान।

अली ने कहा था, इट्स ऑलराईट स्वीट हार्ट। पर मैं जान रही थी कि इट वाज़ नॉट आल राईट।

फिर एक रात मैं अली के पास गई। अपने कपड़े उतारे। एकदम फक्कड़पने से। जैसे ये शरीर मेरा न हो। अली चुप मुझे देखता रहा। उसके कम्बल में मैं घुसकर सो गई। मुझे छूना मत, ऐसी धमकी देते ही मैंने आँखें बन्द कर लीं। मैं ख़ुद को टेस्ट कर रही थी।

ऐसे ही एक दिन मैंने बीरेन भाई को फ़ोन किया। उनकी आवाज़ जैसे दूर से आती थी। मैं उनको भीगे चाबुक से मारना चाहती थी। उनकी पसीजती उँगलियाँ मेरे शरीर पर अब भी लिसलिसा कुछ छोड़ती हैं।

यू बास्टर्ड। इससे ज़्यादा गाली इस वक़्त मुझे ध्यान नहीं आती। वो अचकचा जाते हैं। जैसे किसी ने सरे बाज़ार तमाचा मारा हो। मैं दोबारा साँस भरकर दागती हूँ।

यू ब्लडी शिट्फेस, यू डर्टी लूज़र।

उनकी थरथराती आवेश भरी आवाज़ आती है, यू कांट टॉक लाईक दैट, तुम इस तरह बात नहीं...

मैं बीच में टोकती हूँ, यस आई ब्लडी वेरी वेल कैन। फिर ख़ूब बुलन्दी से कहती हूँ, फक यू और फ़ोन काट देती हूँ।

अली पीछे से सुन रहा है।

हू वाज़ दैट?

मेरा ममेरा भाई। मुझसे पन्द्रह साल बड़ा। उसकी एक लड़की है। तब मैं तेरह साल की थी। आज उसकी लड़की शायद इतनी ही बड़ी होगी। मैं सुबकने लगी थी। अली निकल गया था। कमरे में अँधेरा था। दिन ढल गया था। मैं अँधेरे कमरे में चुप पड़ी थी। उन दिनों की तकलीफ़ सोचती रही थी। तब का भय। मेरा मन कैसा डरा रहता था। जैसे शरीर गन्दा हो गया हो। दिन-रात एक तूफ़ान अन्दर

डोलता। एक खट्टी उबकाई का स्वाद ज़ुबान पर अनवरत। सब एकदम नियंत्रण से बाहर। अकेले होते ही, अँधेरा घिरते ही, रात के सूनेपन में कोई जानवर धावा बोलता।

मैं चुप्पा लड़की थी तो नहीं। फिर क्या माँ को मेरा बदलाव पहचान न आया? उन्हें मेरे लिए कोई डर कभी न हुआ। इतनी डेंस तो नहीं थी। ऐसी बेलौस तो नहीं थी। मेरी भूख ख़त्म हो गई थी। मेरी पढ़ाई से मेरा मन अनमन। मेरे जीवन से एक डोरी टूट गई थी, एक सुर ख़त्म हो गया था हमेशा के लिए। मेरा भोलापन, मेरा बचपन, मेरा सुकून। और माँ? कभी कुछ न समझीं।

मेरे पेट में मरोड़ उठता है। मैं एकदम अकेली हूँ। जीवन-भर इस बात का बदला सबसे लेती रही हूँ, अब थक गई हूँ। थक गई हूँ। रुलाई की नींद कितनी थकानेवाली होती है। निष्प्राण कर देनेवाली।

बीच रात किसी वक़्त कोई उठाता है मुझे, हल्के दुलराकर।

मुझे अपने पिता याद नहीं। मैं बहुत बच्ची थी जब वो गुज़र गए। मेरे पास इनकी एक तसवीर है, ब्लैक एंड ह्वाईट। कोई घर का पिछवाड़ा है। बहुत से पेड़ हैं, गमले हैं। फूल हैं। बहुत धूप रही होगी कि उनका चेहरा चमकता है। तसवीर में धूप की चौंध है...ज़्यादा सफ़ेद कम काला। मैं उनके गोद में हूँ। मेरे बाल मेरे सर के ऊपर समेट कर बाँधे हुए हैं। बगल के बाल मेरे गालों पर गिरते हैं। मैंने कोई एक रंग की फ्राक पहनी है, सलीके से जूता और घुटने के नीचे की ज़ुराबें। हम दोनों कैमरा देखते हैं दूर से। हमारे चेहरे पर एक-सा

एक्स्प्रेशन है। ज़रा-सी मुस्कराहट बस। लॉन्ग डिस्टेंस शॉट है। मैं कई बार मैग्नीफाईंग ग्लास लगाकर उनका चेहरा देखती हूँ। हल्के घुँघराले बाल और आँखों पर मोटे फ्रेम का चश्मा। माथे पर बाल ज़रा गिरे हुए। ढीली बुशर्ट और ढीली पतलून।

मुझे डर है मैं उनका चेहरा भूलती जा रही हूँ। जितना ज़्यादा याद करती हूँ उतना ज़्यादा भूलती जाती हूँ। उनके आँख, नाक, कान, बाल। सब अलग-अलग से एकदम सही और दुरुस्त याद हैं। ख़ूब जतन से एक-एक करके उनको उनके चेहरे पर सरियाती हूँ और जैसे ही तसवीर मुकम्मल होने जाती है सब अचानक धुँधला जाता है। आँखों की जगह होंठ और गाल की जगह नाक। मैं रोने लगती हूँ। लगता है ऐसे भूल जाना सबसे बड़ा धोखा है, सबसे बड़ा बिट्रेयल। पापा होते तब तो मैं महफ़ूज़ रहती। फिर हम मामा के घर भी क्यों रहते। मैं चिल्लाती हूँ, बुलशिट बीरेन भाई...आई कुड हैव किल्ड यू, आई विश आई हैड।

मेरे अन्दर एक बड़ा सा गड्ढा है जिसमें कोई लावा सुलगता है। कितना भी चाहूँ उसकी आग ख़त्म नहीं होती।

मेरी एक दोस्त है, शिफा। उसकी मासी कुछ साल पेरूज़ा में रही थी। वहाँ यूनिवर्सिटी में पढ़ती थी। कई साल बाद जब लौटी थी वहाँ कुछ भी नहीं बदला था। वही दुकानें, वही पियात्ज़ा, वही लोग। वही चॉकलेट की दुकानें, वही चर्च। जैसे समय ठहर गया था। ये सब कहते उनकी आवाज़ में हैरानी थी। सोफे पर बैठे लैम्प की पीली

रौशनी में, चप्पल उतारकर हम तीनों अधलेटे थे एक रात। वाईन की गुनगुनाहट भरी ख़ुमारी में हमारी आवाज़ ठहर गई थी। हर शब्द जैसे अपने पूरेपन में खुलता और अपने पीछे पूरा संसार लिये आता। हम बहुत धीरे-धीरे बात कर रहे थे, हरेक वाक्य में तसल्ली और समय का एहसास था। भरपूर समय का। इसलिए रुख़सार खाला जो भी कह रही थीं, उसे हम उस नीम रोशनी में देख पा रहे थे। कोई देखी-भूली इतालवी फ़िल्म का दृश्य हो जैसे। पतली गलियाँ, पत्थर की सड़कें, मेहराबदार पतली ईंटों की पुरानी इमारत, काले लिबास में बूढ़ी औरतें।

मैं सुनते-सुनते लेट गई थी। समय रुक जाता हो जहाँ, वहाँ रहना कैसा होता होगा। मेरे अन्दर उदासी का सागर लहराता था। शिफा बीच में कभी उठकर गई थी। फ्रिज से कुछ हमस और रोटी लाकर उसने बीच में रख दिया था। मैं उँगलियों से हमस उठाकर अपनी ज़ुबान पर रख रही थी। मेरे आँसू उसे और नमकीन बना रहे थे। अँधेरा था। कोई मेरे आँसू नहीं देख सकता था। पूरे जीवन किसी ने मेरे आँसू नहीं देखे।

मैं अचानक हँसने लगी थी, फिर हँसते-हँसते मुझे माँ की कहानी याद आई। मैं बताने लगी थी,

ऐसे जैसे माँ ही बता रही हों, उनकी ही आवाज़ में।

हमारे आँगन के एक ओर कुआँ था। ईनार। एक बार उसके जगत पर पैर रखकर माँ अपने चेहरे पर पानी छपका रही थीं। जेठ का महीना था। बहुत गर्मी। रसोईघर से दिन का खाना चूल्हे पर चढ़ा कर उठी थीं। ख़ूब ठंडा पानी छपकाकर जब चेहरा पोंछने लगीं, अचानक पाया कि कान की एक बाली नहीं है।

सोने की कानबाली गुम हो जाए बड़ी बात थी। ईनार के सब तरफ़, नाली तक में खोज लिया। न मिलनी थी, न मिली। फिर घर की दाई ने कहा, हो न हो ईनार में गिर गईल होखे, मालिक से कह के ईनरवा उपचवा लीं न।

अगले दिन आदमी आया, बाल्टी-बाल्टी पानी उलीचवाया गया। पानी ज़्यादा न था। कुछ घंटे के बाद बाल्टी में पुराने मग्गे, एक तसला जिसे जाने कितना खोजा गया था, प्लास्टिक की साबुनदानी, जंगखाया रेज़र, एक हथशीशा जिसका शीशा जाने कहाँ टूट गया था, पड़ोस के बिल्लू की गेंद...हज़ार चीज़ें निकली होंगी। बस जिसको ढूँढ़ा जा रहा था, वो नहीं मिली। माँ ख़ूब मायूस हुईं। किसी ने कहा सोना गुमना अपशगुन होता है।

सचमुच अपशगुन ही था क्योंकि उसके बाद जीवन अचानक खाई में गिरना था। लेकिन ये बात मैंने अपने मन में कही। फिर झटककर कहानी पर वापस लौटी।

माँ हफ़्ते-दस दिन ख़ूब सशंकित रहीं, ख़ूब उदास भी रहीं। उनके कान सूने ख़राब लगते थे। झूठफूस की कनबाली ख़रीदकर कान में डाला जिससे उनके कान पक जाते थे। फिर नारियल का तेल लगाकर कान ठीक करतीं। मुझे माँ की वही छवि याद रहती है, जब वो कान में नारियल तेल डालतीं और अपने पाँवों की एड़ियों पर ग्रीज़। उनकी एड़ियाँ इतनी फट जातीं कि उनमें ख़ून निकल पड़ता। माँ जो इन सबके बावज़ूद रात को जगकर महादेवी की कविताएँ पढ़तीं। मेरी आवाज़ उस छोटे से घर के छोटे से कमरे में पहुँच गई थी जहाँ एक तरफ़ स्टूल पर हारमोनियम रखा होता और पापा की फरमाईश

पर माँ कजरी गातीं। पापा की भारी आवाज़ उनकी पतली आवाज़ में जुड़ जाती। उस कमरे में एक दुनिया रच जाती। मैं बिस्तर पर दुबकी उस दुनिया में मछली की तरह गोते खाती सो जाती।

मेरी आवाज़ भी जैसे सो गई थी। उसके किनारे भर्रा रहे थे। क़तरा-क़तरा जैसे टूटकर हवा में तैरने लगा हो।

मेरी दुनिया उस दिन उसी ईनार में उस कानबाली की तरह गुम हो गई थी। वो भोले निष्पाप दिन ख़त्म हो गए थे। पापा महीने-भर में यकबयक मौत के मुँह में चले गए थे। ऐसे भी कोई मरता है क्या? चलते-फिरते, हँसते-बोलते, ऐसे? इट वाज़ नॉट फेयर। बोलकर गए थे, एक दिन में लौट आऊँगा। कभी नहीं लौटे थे। उस एक्सीडेंट में उनकी लाश तक नहीं मिली थी। बस नदी में गिरा था। कई साल तक, अब तक, मैं सोचती थी, घंटी बजेगी, मैं दरवाज़ा खोलूँगी, सामने पापा खड़े होंगे। इतने साल बीत गए। अब मेरे सामने आ जाएँ, मैं पहचानूँगी कैसे?

लेकिन ये सब मैं कहाँ बोल रही थी। मैं तो चुप हो गई थी। हम सब चुप हो गए थे। फिर हम चीज़ों के गुमने की बात करने लगे थे। गुमी हुई चीज़ों के अचानक मिल जाने की। तब जब उनकी ज़रूरत ही न हो। क्या रहस्य था। जैसे एक कोई समानान्तर दुनिया जहाँ गुमी चीज़ें रखी होतीं। फिर कोई करवट लेता और दुनिया ज़रा-सी हिलती। कोई फाँक खुल जाता और उस दरार से गुमी चीज़ें अदबदाकर इस दुनिया में गिर जातीं।

जब सबसे ज़्यादा खोजो न मिले और जैसे ही खोजना बन्द कर दो, मिल जाए। द बिगेस्ट ट्रैजेडी। द बिगेस्ट ट्रुथ। किसी का होना भी ऐसे ही है। न होना भी।

किसी दिन दुनिया ऐसे ही ख़त्म हो जाती है। पर कहाँ ख़त्म होती है। सब तो अनवरत चलता ही रहता है। किसी के भीतर ऐसे हरहराता अवसाद का समन्दर कि कुछ भी अच्छा न लगे? सबका प्यार, हवा, धूप, पानी, कोई मीठी मुँह घुलती मिठाई, नींद का नशा, जगे का सुहाना स्वाद। कुछ भी नहीं? दिमाग़ में कौन सा केमिकल उड़ जाता है, कौन सा सर्किट री वायर हो जाता है। क्या है जो एक हँसते-खेलते जीते आदमी को मुर्दा कर देता है?

और हम दूर से देखते क्या सोचते हैं कि फ़िलहाल हम उस दायरे के बाहर हैं। ये त्रासदी हम पर नहीं घटी, इस बार हम बच लिये? उस महफूज़ जगह में खड़े हम अपने बचने का जश्न मनाते हैं?

जीवन कई बार तकलीफ़ों की बड़ी-सी गठरी लादे फिरना है। और बहुत बार उसे छुपाए चलना है अपनी छाती में। मौत का वो पल जहाँ सब पार है।

जीवन जीना बहुत बहादुरी का काम है। पर मालूम नहीं बहादुरी क्या होती है। उस काले-घने अवसाद के साये में जीना क्या होता है। जो अवसाद नहीं जानते, उसकी काली छाया नहीं जानते, उसका राख स्वाद ज़ुबान पर महसूस नहीं किया कभी वो क्या जानते हैं ऐसे होना क्या होता होगा। भारी भीगे कम्बल के भीतर दम घुटने की छटपटाहट, किसी खाई में गिरते जाने का भयावह अहसास और ये कि अब कुछ भी, किसी भी चीज़ से कोई राब्ता नहीं। जैसे मौत कोई खूँखार चीता हो जो घात लगाए बैठा हो, अचानक दबे पाँव दबोच ले?

दुनिया बड़ी ज़ालिम है, जीवन और भी। हम आँख-कान-नाक दबाए ऑब्लिवियन के संसार में माया जीते हैं।

रुख़सार खाला जैसे सोलिलॉकी कर रही हैं। उनके शौहर ने कुछ साल पहले ख़ुदकुशी की थी। बारहवीं मंज़िल से नीचे कूद गए थे।

वो चले गए लेकिन अपने जाने में और पास आ गए। जब कोई गुज़र जाता है हम दुनिया को बताना चाहते हैं कि वो कितना शानदार इनसान था। हम शायद ये भी बताना चाहते हैं, सबको, उससे ज़्यादा ख़ुद को, उस हाईंड साईट की तकलीफ़देह अनिश्चितता, उन सारे अनुत्तरित सवालों का, जो उनके आत्मीय होते हुए भी हम उनकी मदद के लिए नहीं कर पाए। कितनी बेबस छटपटाहट होती होगी कि शायद ये सब टल सकता, हमारे एक रत्ती और भर कर देने से शायद हमारे प्यार का पलड़ा मौत पर भारी हो जाता।

उस डिसाइसिव पल के ठीक एक पल पहले का समय हम पकड़ सकते, बदल सकते, कि बस उस वक़्त हम होते, बस होते तो टाल सकते, शायद। उस सरपट फेन गिराते धूल उड़ाते घोड़े को भरसक लगाम लगा रोक सकते, भले मांसपेशियाँ उखड़ जातीं, साँस टूट जाती।

ईफ ओनली...की कैसी दिल तोड़ने, चीख मारनेवाली, ध्वस्त कर देनेवाली विकट स्थिति...

हू आर वी टू जज

सुख, दुख, मौत जीवन...सब अलग-अलग शेड्स के खेल हैं, इंफईनिट पर्म्यूटेशन की दुनिया और दोस्त हम अभी बच्चे हैं, इस विशाल-विकराल दुनिया ब्रह्मांड में हम कुछ हज़ार साल छोटे बच्चे हैं। दुनिया क्या फकीरी है उसका ककहरा तक हमने अभी नहीं देखा। एक्सिस्टेंशियलिज़्म की वीरानी नहीं जानी, बेतुके का तुक नहीं जाना...

The notion of the Absurd contains the idea that there is no meaning in the world beyond what meaning we give it।

शिफा सो चुकी है। मैं रुख़सार खाला को देखती हूँ। वो बहुत दुबली हैं। बहुत सुन्दर भी। उनकी आँखों के नीचे गहरे साये हैं। मैं उनको बताना चाहती हूँ, अपने सेक्सुअल अब्यूज़ की कहानी। कि उस हादसे के बाद मैं किसी के साथ सो नहीं पाई कभी। औरत-मर्द, किसी के साथ नहीं। मेरे भीतर कुछ कसक गया। कोई चीज़ थी भीतर जो अपने अलाईनमेंट से अलग हो गई। मैं बहुत सारा प्यार चाहती हूँ, बहुत सारा प्यार करना चाहती हूँ। लेकिन मेरे अन्दर कोई फ्रिजिड ज़ोन है जिसमें बर्फ़ कभी पिघलती नहीं। उसमें वसन्त कभी आएगा नहीं।

बीरेन भाई आप तो मेरे आईडल थे। फिर आपने मेरे साथ ऐसा क्यों किया? आई लव्ड यू सो मच एंड नाउ आई हेट यू सो मच। आपने मेरा भोलापन, मेरा बचपन, मेरा निष्पाप मन मुझसे छीन लिया। बिना बाप की बच्ची के साथ आपने अच्छा नहीं किया। और आपकी सचाई किसी ने न जानी। आप जीवन में तरक्की करते रहे, सबके आगे आप सबसे अच्छे बेटे, सबसे अच्छा भाई, सबसे अच्छे पति और पिता रहे। आपके अन्दर का जानवर और किसी ने न देखा। माँ तक तो शायद इसीलिए बेफ़िक्र रहीं। उनको शक तक न हुआ।

लेकिन मैं आपको कैसे माफ़ और क्यों माफ़ करूँ। आपकी सचाई आपकी पत्नी को, आपकी बेटी को बता दूँ। ये आपके गुनाहों की भरपाई है? यू वेयर अ बीस्ट।

रुख़सार खाला मेरे बाल सहला रही हैं। अली तुम्हें प्यार करता है।

शायद बहुत। मैंने अपने आँसू पोंछ लिये हैं। उसने अब तक कोई ज़बरदस्ती नहीं की मेरे साथ। तो शायद हाँ। मैं हँस पड़ी हूँ।

जानती हैं, बचपन में मैं अनारदाना को ईनारदाना बोलती थी। सब ख़ूब हँसते थे। फिर जब मैं जान गई कि सही अनारदाना होता है फिर भी ईनारदाना बोलती रही। बस इसलिए कि सब हँसते थे। सबको ख़ुश करने की अदा मैंने बचपन में ही सीख ली थी। मैं फिर उदास हो जाती हूँ, लेकिन इतने बरसों में सब भूल गई।

ख़ुद को भी ख़ुश करना।

आप सही कहती हैं, जीवन में उतना ही मतलब होता है जितना हम देना चाहते हैं।

खाला मुस्कराती हैं। मैं फिर सोचती हूँ, कितनी ख़ूबसूरत और कितनी सौम्य हैं।

आप जानती हैं न मैं आपसे प्यार करती हूँ।

गोकि उनको मैं पहली दफ़ा मिली हूँ। बात तो बहुत सुनी है शिफा से।

उनके चेहरे पर एक उदास संजीदगी है।

तुम्हारा जीवन ईनारदाने-सा मीठा रहे।

और वो झूठी कन बलियाँ?

और वो मलयाली नन जो रोम में मिली थी आपको।

और वो मज़े की फ़िल्म जिसमें एक अल्जीरियन बैंड था, पेरिस में भटक गए थे सब।

और वो औरत जो हिन्दी गाने गाती थी, रूसी थी।

लेट्स मेक अ टोस्ट फॉर ऑल द पीपल हू कैन कॉल ऐन अनारदाना बाई इट्स करेक्ट नेम।

हमने ग्लास टकराया और पूरा उड़ेल लिया हलक में और फिर धीरे से कार्पेट पर लेट गए और नींद में खर्राटे भरने लगे।

सुबह उन्हें निकलना था और अली हफ़्ते-भर के लिए बाहर था। माँ तीन दिन के लिए मेरे पास आ रही थीं।

विद्या सिन्हा की मुस्कान

हिन्दी हैं हम

भाग-एक

वो दो बार मिलते हैं महीने में, लगभग तयशुदा। बस कभी कोई बाहर रहा तो और बात रही, वरना मिलना? इस आपाधापी जीवन में? फिर भी मिलना तयशुदा ही रहा। कॉलेज के ज़माने की दोस्ती ठहरी, फिर कुछ और आ मिले। अब बरस हुए। एक तरह का सुकून है इस रूटीन में, एक क़िस्म की आफ़ियत, जाने-पहचाने चेहरों की गुनगुनाहट। सबके सनक की पुरानी कहानियाँ, फैमिली जोक्स की तरह, सूती पुराने कपड़े की मुलायमियत की तरह।

लेकिन इन सबके ऊपर जो चीज़ इन सबको बाँधे हुए है वो भाषा है, साहित्य है, लेखन है। ये शब्दों के साथी हैं, साहित्य के हमसफ़र, फन्तासी और कल्पना की दुनिया के रहवासी।

साई व्यस्त है इस महीने। किसी राईटर्स रेसीडेंसी में जा रही है

तीन हफ़्तों के लिए बरतानिया, न बरतानिया नहीं आयरलैंड असल में, डोनेगल। कम्बख़्त आयरलैंड, स्कॉटलैंड सब इंग्लैड ही लगता है हमेशा।

मैं अगला मिस करूँगी। उसकी आवाज़ खोई सी गुम है। फिर चहककर कहती है, मेरे न्यूरन्स को स्फूर्ति चाहिए। उसकी हँसी विनम्र है, ऐसे जैसे कोई ख़ास बात न हो इस तरह ऐलान करना, जैसे रोज़मर्रा की बात हो, दिल्ली और डोनीगल, जैसे कनाट प्लेस से फरीदाबाद निकल लेना।

इरा मुड़ती है, उसकी आवाज़ में जलन की एक लहर सवार है, जबकि बात जो कहती है वो दोस्ताना ही है।

हाँ साई डोनीगल में तुम्हारी क्रियेटिविटी नृत्य करने लगेगी नहीं? हूला?

अश्विन की आवाज़ बेलौस है, हूला हवाई।

साई मुस्काती है।

अश्विन एक कोने में पसरा कॉफ़ी की चुस्कियाँ ले रहा, सिगरेट के धुएँ में छुपा हँसता है। वो धुआँधार सिगरेट पीता है, एक के बाद एक लगातार।

अमीन उन सबमें सबसे बड़ा है। उसकी कविता की दो किताबें छप चुकी हैं, लम्बे अन्तराल पर। तीसरी किताब वर्क इन प्रोसेस है। वो हिन्दी कवि है। जैसे सिपत और इरा। साई दोनों भाषा में लिखती है, अश्विन सिर्फ़ अंग्रेज़ी में। साई की वजह ही वो इस ग्रुप से जुड़ा है।

अमीन बहुत दुबला बहुत संजीदा है। दाढ़ी में उसका चेहरा

कुछ-कुछ दिनेश पाठक जैसा दिखता है या फिर स्पर्श के नसीरुद्दीन शाह जैसा। दाढ़ी भी इसलिए रखी कि दुबलापन ढँक जाए। दुबलापन एक क़िस्म की दयनीयता देता है। जैसे सही खाना न मिला हो, जैसे ग़रीबी की मार हो। यूरोपियन बोहेमियन आर्टिस्ट होवेल में रहता रूमानी लगता है। भारत में ग़रीब, बौना बेचारा।

सिपत बहुत महत्त्वाकांक्षी है। उसके भव्य-विराट प्लांस हैं। उसे मालूम है कि वो जीनियस है, अगला ओज़, अगला मुराकामी या पामुक, या फिर नैपॉल। किसी दिन उसके लिखे को कोई अनुवाद कर देगा, अंग्रेज़ी, इस्पहानी या मैन्दरीन में और एक पूरी नई दुनिया खुल जाएगी उसके शब्दों के लिए, लाखों पाठक उस तक पहुँच पाएँगे, दुनिया के सुदूर कोनों में, चीन से मंगोलिया, लैटिन अमेरिका से रशिया, तुर्की तक, क्या पता पैटागोनिया में (ब्रूस चैटविन याद आ जाते हैं, एक बार ऐसी किताब लिख लेनी है, एक बार। उसे सिहरन होती है) (पैटागोनिया में क्या भाषा बोली जाती है हं?) अमरीका और ऑस्ट्रेलिया में, इंग्लैंड में। डोरिस लेसिंग की याद आती है जब नोबेल मिला था, आह ऐसे दिवास्वप्न!

कोई माईक सामने करता पूछ रहा है, हाउ डू यू फील मिस्टर सिपत? ऐसे दिवास्वप्न तो ख़ुद को भी कंफ्रंट नहीं किए जाते, सोचते ही एकदम से भगा देना पड़ता है इस ख़याल को कि ज़्यादा सोचे जाने से उस घटना का होना नष्ट हो जाता है, नहीं? पहले के अनुभव के बरक्स सिपत याद करता है जब पिछला सम्मान मिला था, कविराज प्रयाग सम्मान। तो अचक्के ही फ़ोन आया था देर रात। नींद में किसी क़िस्म का बेहूदा मज़ाक ही लगा था। फिर सुबह व्हाट्सऐप मेसेजेस,

फेसबुक पर घोषणा, फिर लम्बी बहस कि ग़लत मिला, सिपत की कविताएँ कूड़ा हैं, मौक़े को देख लिखी गई सुनियोजित मैनीप्यूलेटेड लिखाई, कविता कम रिपोर्ताज ज़्यादा के साथ-साथ अद्‌भुत, नए समय के रग को मुट्ठियों में मज़बूती से पकड़ती रचना, अपने समय का दस्तावेज़, जाने-जाने क्या-क्या। दो दिन की हलचल और इक्कीस हज़ार रुपये का चेक (जो छह महीने के बाद आया) उसके बाद ये समाचार उसकी परिचय के अन्तिम लाईन पर आ बैठ गया (इन्हें अन्य कई सम्मान के अलावा वर्ष अलां का कविराज प्रयाग सम्मान मिला है)

एक बार अंग्रेज़ी में छप जाएँ, दुनिया देखे मेरे कमाल को। उन अंग्रेज़ों को ही शऊर है कला पहचानने को। फिर कोई अमरीकी प्राइज़। तब ये कविराज प्रयागराज बायोलाईन से डीलीट हो जाएगा। तब तक, बस तब तक।

सिपत इरा को देखता है। इरा जो इतनी ख़ूबसूरत है कि जान ही मार दे। इरा प्रेम कविताएँ लिखती है, रेशम-सी मुलायम, ख़रगोश के बाल-सी नरम, फूलों की, बादल की, प्रेम के तड़प की, छूट जाने के बिछोह की। सारे सम्पादक, प्रकाशक उसके पीछे भागते हैं, उसकी क़ातिल अदाओं के लिए, उसके चाशनी पगी कविताओं के लिए। उसके फेसबुक अकाउंट के हज़ारों दोस्त और फॉलोअर्स हैं। हर फ्रेंड रिक्वेस्ट को ऐक्सेप्ट करती है क्योंकि ये सब उसके सम्भावित पाठक हैं। सोशल मीडिया का प्रोडक्टिव इस्तेमाल उसे बख़ूबी आता है। और ये वो किसी चालाकी में नहीं बल्कि एक भोलेपन से करती है, कुछ पाक़ साफ़ सच्ची-सी, जिसकी एक-एक तसवीर पर हज़ारों कमेंट आते हैं, आशिक़ों के, चालाक बुज़ुर्गों के, प्यारी सखियों और दिलदार बहिनियों

के, राखी बन्द भाइयों के, जो बात करते सोचते हैं ये पहला क़दम है आशिक़ बन जाने की ओर, भूलते हुए कि ये बीस साल पहले की कहानी थी, अब जो दोस्त है दोस्त ही है, फिर भी मुँहबोले भाई भाई से आशिक़ और आशिक़ से प्रेमी हो जाने की सम्भावना से लबरेज़ हैं।

अश्विन को उसके हज़ार लाईक्स और पाँच सौ कमेंट से घनघोर दिक़्क़त है। इरा अगर इतना भी लिख दे, मुझे आज ज़ुकाम है, मिज़ाजपुर्सी के सौ ख़तूत उसकी झोली में आन गिरें। ओह! कैसी कमअक्ल दुनिया है, ओह कितनी क़ातिल सुन्दरी है लेकिन इरा की सुन्दरता ऐसी है जो धीमे-धीमे अच्छे शराब की तासीर-सी चढ़ती है, जूड़ी के बुख़ार-सी नहीं। एक क़िस्म की शीतलता है जो उसके लिखे को जीवन-दर्शन का पुट देती है।

अश्विन को हमेशा लगता है कि इरा को उसे सिपत के मुक़ाबले ज़्यादा तवज़्ज़ो देनी चाहिए, आख़िर सिपत वर्नाकुलर लेखक है जबकि अश्विन के अन्दर अंग्रेज़ी लेखक होने का एक बोध है जो उसे बाक़ियों से ऊपर उठाता है। एक एलीट दुनिया।

साई जबकि आग की लपट लड़की है, अंगारा है, नदी है, प्रपात है। उसके घने समन्दर लहर घुँघराले बाल पीठ पर पहाड़ी नदी-सा गिरते हैं—

हम हुए तुम हुए कि मीर हुए।
उसकी ज़ुल्फ़ों के सब असीर हुए॥

उसके तीखे काले नक़्श तीर की तेज़ी से लपट मारते हैं कि आँखें चौंधिया जाएँ।

साई में सुलगन है। जब चुप संजीदा होती है तब भी कुछ दहकता रहता है। जैसे इस पल के अलावा बहुत-सा आगा-पीछा ज़रूरी पोशीदा उसके भीतर तुफ़ैल मचाता विस्फोट के मुहाने फटने को तैयार हो।

अमीन उसे तकता उसकी तरह फक्कड़ जंगली हो जाना चाहता है जो बिना दुनिया की परवाह बग़ैर वही करे जो उसका जी चाहे। अमीन जबकि ज़्यादातर इस ट्रैप में फँसा रहता है कि लोग क्या कहेंगे। उसके भीतर हीनता-बोध लगातार युद्ध लड़ती है उसके ख़ुद के बाक़ियों से बेहतर होने के एहसास से। कभी लगता है उस-सा कवि हिन्दी में नहीं। अपनी कविताओं को पढ़ते उसे कई बार ऐसी हैरत की अनुभूति होती है, ओह ये मैंने लिखा? कोई सम्मोहन में रहा होऊँगा। मेरे जीवन के मामूलीपन में ऐसी भव्य पंक्तियाँ, ऐसे वाक्यों का लय संगीत, ऐसे जीवन-दर्शन का इस सरल-सहज गति के साथ आ जाना, कोई करिश्मा ही तो है, जैसे कूलरिज़ का कुबलाई खान लिख लेना।

सी. आर. पार्क की बरसाती में चार गमलों के बीच बैठे शीशे के धारीदार ग्लास में कटिंग चाय सुड़कते, बिजली के तार पर बैठी मैना को देखते उसे विद्या सिन्हा की याद आती है, सूती फूलदार बड़े छापे की साड़ी और छोटी आस्तीन के सफ़ेद ब्लाउज़ में विद्या सिन्हा कुहनी पर ठुड्डी टिकाए उसे देखते मुस्करा रही है।

उसके जीवन में ऐसी सादी सुन्दरी ही ठीक। साई की दहक उसे जला डालेगी। फिर साई उसे क्यों देखे? ओह! पर क्यों न देखे? पिछली रात जो उसने लिखी थी चन्द पंक्तियाँ, क्या साई नहीं थी

उसके केन्द्र में? वो कल्पना करता है साई को फूलदार साड़ी में, उसकी बाँहें सफ़ेद ब्लाउज़ के आस्तीन से सुडौल दिखती हैं, छोटा-सा आँचल उसने बाँहों के गिर्द लपेट रखा है, उसकी त्वचा में लुनाई है, उसकी हँसी आँखों में लहक रही है।

विद्या सिन्हा तुम भी ख़ूबसूरत हो, शीतल। मेरे दुखती आँखों और कमतर दिल पर सुकून का फाहा। ऐसे समय उसे बनलता की याद कभी नहीं आती। सिर्फ़ लन्दन जा सकने की सम्भावना पर आती है।

साई धुआँधार सिगरेट फूँकती है, बहुत सा ड्रिंक होल्ड कर सकती है, गालियाँ बक सकती है। उसका लिखा यूँ चुटकियों में छपता है। अंग्रेज़ी में छपे होना उसे हिन्दी में भी एक ख़ास स्थान मुहैय्या करा देता है। उसे गोष्ठियों में बुलाया जाता है जहाँ अपने अज़ीबोग़रीब पर आकर्षक कपड़ों में सिगरेट पीते, अपने टूटे ख़राशदार आवाज़ में वो हिन्दी की धज्जियाँ उड़ाती है। हिन्दी की बोरिंग मामूली दुनिया में उसकी उपस्थिति चटक रंग बिखेर देती है। हिन्दी दुनिया की वो हॉट हाउस प्लांट है, एक्ज़ोटिका है जिससे नफ़रत करने की मोहब्बत में लोग गिरफ़्तार हैं, ओह कि जिसके बिना न जिया जाय न मरा।

अश्विन को साई से दिक़्क़त है। उसके ऊपर वो सुपीरियारिटी क्लेम नहीं कर पाता। इरा पर कर पाता है। उसे टिप्स दे पाता है सम्पादकों को अप्रोच करने की, वर्नाकुलर से अंग्रेज़ी में शिफ्ट करने की, राईटर्स रेज़ीडेंसीज़ में अप्लाई करने की।

प्यारी इरा आख़िर हिन्दी में कितने लोग तुम्हें पढ़ते हैं? हज़ार? पाँच हज़ार? किताबें ही पाँच सौ छपती हैं।

इरा सुनती है ध्यान से पर सिपत पिस ऑफ़ होता है।

आक्रामक मुद्रा में कहता है, बहुत हुआ अश्विन।

सिपत को पता है अश्विन ने कोई क्राईम थ्रिलर लिखा है, हार्डली लिटरेचर।

मैं साहित्य रचता हूँ। उसका अहम उसे महत्त्वपूर्ण बनाता है। उसकी लम्बी कविता ने कविता का सबसे ज़रूरी अवार्ड जीता है।

वो ऐलान करता है दोबारा, मैं साहित्य रचता हूँ।

इन सब बातों के गिर्द एक बात साफ़ सच्ची है कि जिस बात को वो सबसे सघनता से महसूस करते हैं उसे वे सबसे हल्के से, लगभग मज़ाक़ के से पुट में बोलते हैं।

सिपत ने लेखन के क्षेत्र में अपना कैरियर प्लान किया है। इस मामले में वो बहुत महत्त्वाकांक्षी तरीक़े से प्रतिबद्ध है।

हिन्दी या अन्य भारतीय भाषाओं में एजेंट्स की परम्परा नहीं रही है इसलिए हमें अपनी किताबें ख़ुद बेचने की जुगत करनी पड़ती है। लेकिन इसमें ग़लत भी क्या है?

उसकी आवाज़ में एक क़िस्म की दबंगई है। जब लिखा इतनी मेहनत से फिर इसे किसी ब्लैक होल में क्यों डुबा दें? भई दुनिया देखे, पढ़े, सराहे। फिर अपनी चीज़ के बारे में हम नहीं कहेंगे तो कौन कहेगा? क्यों?

अश्विन मुँह दबाकर हँसता है, ज़रा मख़ौल उड़ाने के भाव से। जबकि ख़ुद उसकी औक़ात किसी एजेंट की नहीं हुई है। पर सोचता है, मेरा समय आएगा। जबकि मैं इस दिशा में कुछ ख़ास कर भी नहीं रहा, पर फिर भी, आएगा मेरा समय। उसे नॉर्डिक नोआर में

अपराध कथा लिखनी है, ठंडी अँधेरी दुनिया में जटिल और बीहड़ अवसाद और दुख से भरा, जहाँ इनसान की नैतिक दुनिया चूर-चूर हो जाए। अंग्रेज़ी कंट्री हाउस मर्डर मिस्ट्री जैसी हूडनिट नहीं जहाँ क़त्ल भी भयानक और ख़ुँख़ार न हो, उसमें हिंसा भी न हो और क़ातिल और मक़तूल अंग्रेज़ी कासल में बैठ चाय पीते-पीते, केक और स्कोंस खाते, ख़ूबसूरत बाग़ में घूमते क़ातिल की शिनाख़्त कर ले। ना जी। उसे तो मनोवैज्ञानिक क़त्ल की दुनिया रचनी है, जहाँ इनसान किन जहन्नुम और बदबूदार गर्त में गिर सकता है उसकी पड़ताल करनी है।

स्कैंडिनेविया की दुनिया को उठाकर यहाँ के रेगिस्तान और जंगल की दुनिया में वही ग्रिम दुनिया खड़ी करनी है। उसे ऑनरेबल स्कूल ब्याय की याद आती है जो क्लासिक है। पॉपुलर से गम्भीर की यात्रा ऐसे ही होगी। फिर सिपत देखेगा?

इसी एहसास से सिहरकर मुस्कराकर इरा की तरफ़ ताकता है।

बार्थ की लवर्स डिसकोर्स से कुछ अंश, बोद्रिला और वार्गास। लगभग फुसफुसाता है इरा के पास से। सारे समय सिपत उसे देख मुस्कराता है फिर कोई बार्थ से सम्बन्धित क़िस्सा सुनाने लगता है जिसके बारे में अश्विन को हवा तक नहीं।

ये सिपत का तरीक़ा है उसे बताने का, देखो चाहे तुम मुझे कितना भी हेय दृष्टि से देखो कि मैं हिन्दी में लिखता हूँ, मगर फिर भी विश्व साहित्य की जितनी समझ मुझे है, तुम्हें नहीं मेरे भाई।

अमीन के पास छपने के अद्भुत विचार हैं। लेकिन जबकि उसकी दो किताबें छप चुकीं, उनका कुछ नाम भी हुआ, चर्चा भी ठीक-ठाक हुई, फिर भी तीसरी किताब का प्रकाशक खोजने के लाले पड़े हुए

हैं। प्रकाशक कहते हैं, कविता कोई नहीं पढ़ता। जबकि कविताएँ ही हमें बचाएँगी, जब दुनिया नष्ट हो रही होगी तब। कविताएँ सिर्फ़ पढ़ने की चीज़ नहीं। कविताएँ मोहब्बत से पढ़ने की चीज़ हैं। शायद ये बात उसके दिमाग़ की उपज नहीं। कहीं पढ़ा होगा अब ध्यान नहीं (जिल बियालोस्की पोयेट्री विल सेव यॉर लाईफ)।

वह अमूर्त कविता लिखता है। प्रत्येक तीसरी पंक्ति एक आध्यात्मिक विवरण से अर्थवान होती और अक्सर विचारों की एक बिखरी हुई व्यवस्था होती है जो लगभग किसी संयोग से, या ऐसा पाठक को लगता है, अन्त आते-आते एक मानीखेज अर्थ और उड़ान भर लेती और मामूलीपन से ऊपर उठ जाती। ये बात अलग थी कि कई बार उस पर आरोप लगते रहे कि अंग्रेज़ी फिलोसॉफ़ी और भारतीय दर्शन की चतुराई से मिश्रण के ऊपर और सूक्ति वाक्यों की निर्मिती के परे उसने कोई मौलिक बात नहीं कही।

विगत में कभी उसने एक नेपाली महिला से शादी की थी जो अब लन्दन में रहती है और पत्रकार है। वे अब अलग जीवन जीते हैं। उनकी एक छह साल की बच्ची है और अमीन शायद ही कभी उससे मिलता है। उसका तर्क यह है कि वह उनके जीवन में कोई अशान्ति पैदा नहीं करना चाहता।

अमीन बहुत-बहुत देर हिन्दी के भविष्य पर बहस कर सकता था। उसको मालूम है कि हिन्दी की दुनिया शायद दस हज़ार या बीस हज़ार की है। और ये कि सब लेखक हैं पाठक कोई नहीं। उसके पास हिन्दी की सारी नामचीन पत्रिकाएँ आती हैं जिसे बिन पढ़े कूड़े में फेंक देता है, कई बार तो बिना पन्नी तक उतारे। उसके घर

शहाना काम करती है जो इन्हें उठाकर भीतर बॉलकनी में रख देती है। कबाड़वाला आता है तो उसकी सौ-पचास की कमाई हो जाती है। भला हो हिन्दी साहित्य का।

"मैं कुछ नहीं पढ़ता आजकल।"

"पर क्यों?" इरा का सवाल मासूम है।

"क्योंकि सब कूड़ा है।" वो रोष और जोश से फट पड़ता है। फिर कुछ हिंसा से जोड़ता है।

"मैं तुम्हें भी नहीं पढ़ता, किसी को भी नहीं।"

इरा के चेहरे पर अपमान और दर्द छलकता है। उसकी ख़ूबसूरत आँखें पनिया जाती हैं।

"तुम बददिमाग़, घटिया और मतलबी हो।"

"न! मैं सच कहता हूँ। तुम्हारी भाषा में कोई मानीखेज चीज़ नहीं लिखी जा रही।"

"पर ये तुम्हारी भी तो भाषा है", इरा रुआँसी हो चली है—

सिपत उसे शान्त करता है।

अमीन मायूस और चिढ़ा रहता है हर वक़्त। और तुम इरा, तुम सुन्दर और मार्मिक लिखती हो, प्यार और तरलता से भरपूर।

इरा को इतनी समझ है कि वो जान जाए कि सिपत उस पर हँस रहा है। सिपत ऐसी बातें तभी करता है, उसका मख़ौल तभी उड़ाता है जब उसे लगता है कि इरा अपनी मासूमियत और भोलेपन में बहुत ख़ूबसूरत लग रही है। और इस बात का इल्म इरा को कहाँ है।

वैसे उसे इस बात की समझ है कि इरा औरतों वाली चीज़ ही लिखती है, भावुक और सेंटीमेंटल। और ये कि किसी गम्भीर विमर्श

के लिए उसकी दुनिया में जगह नहीं है। ये भी कि वो बहुत पढ़ती नहीं। रिल्के और नेरुदा, फ़ैज़ और मीर को उद्धरित करने के बावजूद उसकी दुनिया बहुत उथली है। वो छपती भी इसीलिए है कि सारे सम्पादक और प्रकाशक उसके साथ समय बिताना चाहते हैं, एक कप कॉफ़ी कैफ़े में बैठकर पीना चाहते हैं, उसका हाथ थामना चाहते हैं, उसकी संगत में दिखना चाहते हैं और गर ख़ुदा न खास्ता मौक़ा छप्पर फाड़कर मिल ही गया तो उसके बारे में फन्तासी गढ़ना चाहते हैं, संग सो लेना चाहते हैं।

उनको लगता है कि अगर अफवाहों में ही सही उनका नाम उसके नाम के साथ जुड़ जाए तो भला—

जब भी आता है मिरा नाम तिरे नाम के साथ,
जाने क्यों लोग मिरे नाम से जल जाते हैं।

और इसी ख़ुशफ़हमी के आलम में वो उसे छापते रहते हैं। और मोहतरमा अपनी भोली बेवक़ूफ़ियों में इससे ग़ाफिल हैं। उसे तो वाकई लगता है कि वो बहुत अच्छा लिखती है। कई बार सिपत जो उसकी निगाह में एक ऊँची स्थान रखता है, उसके मुक़ाबले इरा को तरज़ीह मिल जाती है।

वैसे सिपत के आसपास ऐसे लोग हैं जो उसे देवता बनाते रहते हैं। पर एक बड़ी पूरी फ़ौज भी है जो उसको उकसाती गिराती रहती है। इस तरह ये जो सम्मान उसे मिलता है वो सारी ट्रोलिंग को सन्तुलित करता रहता है और उसे इनसान बने रहने में मदद करता है।

अमीन इस बात को बहुत समझ नहीं पाया है कि सिपत लिखता क्या है और ऐसे लोगों को अपने से जोड़ किस तरह पाता है। सचमुच इसकी थाह उसे नहीं लगती। उसे ये भी नहीं पता कि ये जो दस हज़ार, बीस हज़ार, पचास हज़ार का अदृश्य पाठक-वर्ग है वो दरअसल क्या पढ़ना चाहता है। ये तो तय है कि वो उसे नहीं पढ़ना चाहते। उसकी दोनों किताबें अब भी पहले संस्करण में हैं।

प्रकाशक कहते हैं, क्या कहें, कविताएँ कौन पढ़ता है।

अमीन की हिम्मत नहीं पड़ती कि इसके आगे वो रॉयल्टी की माँग रखे कि अगली किताब के छापे जाने की।

ये भाषा मरती हुई भाषा है। न तो बाज़ार की भाषा है, न अर्थव्यवस्था की, न तकनीक की। क्यों इसे मर न जाना चाहिए? क्यों?

साई सुनती-सुनती एक भौंह उठाकर धीमे से, संजीदगी से पूछती है

"फिर तुम क्यों इस भाषा में लिखते हो?"

वो पलट जवाब करता है, "और तुम क्यों?"

"क्योंकि ये भाषा मुझे बचपन में लिये जाती है। उन सब चीज़ों की याद को जीवन्त कर देती है, उन भूले शब्दों और मुहावरों को जो हमारे बाप-दादा की थाती थी, क्योंकि मैं भी वही हूँ जो वे थे, मेरी जड़ें वहीं हैं। क्योंकि बाज़ दफ़ा मैं उसी भाषा में सोचती हूँ और उस भाषा में लिखना मुझे मेरी माँ के ऊष्म दुलार-भरे गोद में, उनके नेह के आँचल तले लिये जाता है। मेरे भीतर कुछ तरल गुनगुना फैल जाता है। मुझे माँ की याद आती है तब कि जब वह जवान और

ज़िन्दादिल थीं। मुझे याद है जब वो बात कहतीं किसी ख़ास शब्द का ख़ास उच्चारण करतीं, एक ख़ास चेहरे के हाव-भाव और भंगिमा के साथ। लिखना मुझे उसी दुनिया में ले जाता है, जवान, ख़ुश दिल। जैसे में समय का एयार हूँ, अ टाईम ट्रवेलर?"

"अब तुम इरा की तरह बात कह रही हो।"

इरा के उलट, इस बात पर पिनकने की बजाय साई हँस पड़ती है। "जो भी कहो लेकिन ये सच है, सचमुच। लेकिन तुम अपनी तो बताओ।"

"मैं लिखता हूँ क्योंकि मैं शापित हूँ, डूम्ड। मैं तब तक लिखता रहूँगा जब मुझे पढ़नेवाला कोई न होगा। मैं तब भी लिखता रहूँगा। और हिन्दी में ही लिखता रहूँगा क्योंकि मैं और कोई भाषा जानता नहीं, जीता नहीं। तुम्हारे पास चुनाव की सहूलियत है। मेरे पास सिर्फ़ यही एक ज़रिया है जीने का।"

"मैं भी उतना ही दूसरी भाषा को जानती हूँ जितना कि तुम।"

"न! तुम कॉन्वेंट टाईप हो जो अंग्रेज़ी में भी सोचता है।"

साई संजीदगी से सिर डुलाती है।

"मैं कॉन्वेंट टाईप हूँ जो मल्लू उच्चारण में बोलती है क्योंकि स्कूल की नन मलयाली थी। और बस बात इतनी ही है। मेरे कॉन्वेंट स्कूल को ज़्यादा रूमानी न बनाओ।"

अब सिपत की बारी है हँसने की। बस इसीलिए उसे साई पसन्द है। साई में कोई छलावा नहीं, कोई प्रिटेंस नहीं।

"पर तब तुम अंग्रेज़ी में लिखती ही क्यों हो?" वो एक बार फिर प्रश्न पर लौटता है।

"ओके, बड़ी खिड़की खुल जाए इसके लिए नहीं, हालाँकि कहीं अवचेतन में ये बात भी आसपास रहती है, पर ठीक-ठीक अगर कहूँ तो इसलिए कि मैं ऐसी ही हूँ, हाईब्रिड जो एक भाषा में लगातार बात नहीं कर पाती, न हिन्दी में न अंग्रेज़ी में। मेरा सम्प्रेषण दोनों भाषाओं में लगातार आवाजाही करता रहता है। मेरे हरेक वाक्य में भाषा कुछ घालमेल के रूप में आती है। और जब कुछ छोटे वक़्फ़े में मैं फ्रेंच सीख रही थी तो सजग रूप से बोलते वक़्त मेयसी और ऊई बोल रही थी ताकि भाषा से सरोकार बना रहे। लेकिन हिन्दुस्तानी और अंग्रेज़ी में ये आवाजाही अपने-आप होती रहती है, रिफ्लेक्स ऐक्शन की तरह।

"नॉट दैट आयम प्राउड ऑफ़ इट। जो लोग एक भाषा में धाराप्रवाह बोलते हैं, माने अंग्रेज़ी बोले तो बढ़िया फ्लूएंट और जब हिन्दी बोले तो धाराप्रवाह बिना एक अंग्रेज़ी शब्द का इस्तेमाल किए हुए उनसे मैं तुरन्त शिद्दत से प्रभावित हो जाती हूँ। उनसे भी जो कई भाषा जानते हैं, और उनसे भी जो बहुत अच्छा गाते हैं।"

साई की आँखें जोश में चमक रही हैं। फिर वो घुटने मोड़कर कुर्सी पर अड़स जाती है। मेज़ पर आगे झुककर, कुहनी टिका, सिगरेट निकालती है।

अमीन को साई से बात करना अच्छा लगता है। कई बार उसके भीतर की दुविधा साफ़ हो जाती है। उसको साफ़ सुथरे शब्द और विचार मिल जाते हैं। पर कई बार अपने अजीबोग़रीब तर्क से चीज़ों

को उधेड़ भी देती है, उनको सिर के बल खड़ा भी कर देती है। पर जो भी हो उससे बात करना ताज़ा हवा के झोंके के सामने ख़ुद को खड़ा करने जैसा है।

"चल हम एक पब्लिशिंग हाउस खोल लें?"

"और फिर क्या करें वहाँ? अपनी किताब छापें?"

वो हँस पड़ता है।

"हाँ, और अश्विन की, सिपत की और इरा की।"

"अरे उनको प्रकाशकों की क्या कमी। और तुम्हें भी। सब क़तार में खड़े हैं तुम्हें छापने।"

अमीन हँस रहा है पर उसके दिल के भीतर कुछ जल रहा है। सही बात है। उन सबको छापने को कतार खड़ी है। ठीक कि उनका नेटवर्क है। वो किसी-न-किसी गुट या खेमे के हैं। पर ज़रूर और भी कोई बात ज़रूर होगी। वो क्या बात है उस पर अमीन उँगली नहीं रख पाता। क्या सचमुच उसका लिखा लोगों को जोड़ने में नाकामयाब है? कोई तार किसी से भी नहीं जुड़ता? और फिर ये लोग भी कौन हैं? कौन? जो पढ़ते नहीं? क्या ये समाज पढ़नेवालों का समाज रहा ही नहीं? हम क्या इंटरनेट पर ही ज़िन्दा हैं? और कुछ सालों बाद हमारी ज़िन्दगी मेटावर्स पर अवतार के माध्यम से ही होगी?

आज ही पढ़ा कि बर्सेलोना का फुटबॉल खिलाड़ी प्रिंस अपनी मंगेतर वलेन्तिना फ्रादेगादा से चाँद पर मेटावर्स में शादी कर रहा है।

अब इस दुनिया में क्या कहाँ जा रहा है। कोई ब्लैक होल है जिसमें सब समाकर ग़ायब हो रहा है, किताबें कहानियाँ, शब्द? किताब

की दुकानों में किताबें अटी पड़ी हैं, एक के ऊपर एक, ठसाठस। उन हज़ारों किताबों में से कोई आपकी किताब नीचे से खींच निकालता है, कवर से आकर्षित शायद, या शायद आपके नाम से परिचित, या आपके लिखाई को कुछ जानता हुआ।

मुग्धा, साई की बहन कहती है, हज़ारों-लाखों में एक किताब उठा लेना भी संयोग ही है न? प्योर कोइन्सिडेंस?

अश्विन बता रहा है, कुछ दिन पहले किसी सड़क दुर्घटना की बाबत। कोई जिम ट्रेनर था। जानते हो, उसका जो बैग, लावारिस सड़क पर एक ओर गिरा पड़ा था, ख़ून और चकनाचूर शीशे के कण के बीच, जानते हो उसमें क्या था? क्राईम एंड पनिशमेंट। ये है जीवन और ये है किताबें, किताबों का करिश्मा।

लेकिन तुम सब धोखेबाज हो? जीवन से धोखा, और जो किताबें जीवन लिखती हैं, उनसे धोखा। ये किताबें स्मृतियों के रखवाले हैं, मेमोरी कीपर्स, उन पुरखों के, उन समयों के जो गुज़र गए या जो आनेवाला है, उन समान्तर संसार के जो हमारे समय में हमसे अनजाने कहीं उपस्थित हैं, उन सारे भूगोल और इतिहास के जो आसपास घट रहा है व्यतीत हो रहा है, आगत है। ये किताबें जिनके पंखों पर सवार हम उन जगहों पर यात्रा कर लेते हैं, उन समय में पहुँच जाते, उन जीवन को जी लेते हैं जो हमारे जीवन से भिन्न हैं, अमीर हैं। हम कोलम्बस बने नई दुनिया की खोज में निकले साहसिक यात्री हैं।

वो साँस लेने पल-भर को थमता है, उसी पल में बाक़ी सब यकबयक ताली बजाने लगते हैं, ब्रावो! शाबाश!

अश्विन ये कहना जान-बूझकर चूकता है कि अगली उसकी किताब उन्हीं चूतियों पर है जो भाषा और साहित्य करते हुए उसका कचूमर निकालने में चूकते नहीं।

ओह यू पूअर बगर्स, तुम लोग जीवन जीते नहीं क्या ख़ाक लिखोगे? ये जो बदबूदार, पागल, हँसनेवाला दीवानापन जिसे हम जीवन कहते हैं उसे मैं लिखूँगा, वादा करता हूँ मैं ही लिखूँगा।"

उसकी नज़र सिपत पर पड़ती है जो जानकार मुस्कान से उसे देख रहा है जैसे उसने उसका मन पढ़ लिया हो।

उसके होंठ हिलते हैं बे-आवाज़। अश्विन पढ़ता है, उसके शब्द, हम लिखेंगे।

नीलगाय

भाग-2

सिपत ने सबको अपने घर बुलाया है। शहर से ज़रा दूर उसका बड़ा और पुराना बँगला है। जंगल के छोर से सटा हुआ। हाते में ख़ूब बड़े और पुराने दरख़्त हैं, चिड़ियों की चहचहाहट है, शहर के भागम-भाग रेलमपेल से अलग अपने में स्वायत्त संसार है।

बर्फ़ भरी बाल्टी में किंग फिशर की बोतले हैं, बरामदे में आराम

कुर्सियाँ हैं, जैसी बरसों पहले रेलवे स्टेशन पर होती थीं, ख़ूब लम्बे हत्थेवाली, भूरे बेंत की बिनाइवाली, जिसमें बैठकर सोया जा सकता था, ऊँची छत से लगी लम्बी शहतीरों से लटके पंखे थे जो धीमी आवाज़ करते गोल-गोल नाचते थे। पेड़ों से हवा आती थी और रसोई से शामी कबाब और पकौड़े।

सिपत की बीवी शौक़िया किसी महँगे पब्लिक स्कूल में पढ़ाती थी और अपने में मगन रहती थी। सिपत ये बैठकी हमेशा उसकी अनुपस्थिति में करता और सबने उसे सिर्फ़ तसवीरों में देखा था, कुछ-कुछ रेहाना सुल्तान की तरह वो दिखती थी, ऐसा अमीन को लगता था।

अमीन अपनी अलग हुई बीवी बनलता को याद करता। बनलता तो रेहाना सुल्तान नहीं थी। बनलता चौड़ी-ठिगनी थी, पर उसके बाल ख़ूबसूरत थे, रेशम से मुलायम। आँखें भी काली-चमकीलीं। पता नहीं कैसे कब बिना प्यार हुए उन्होंने शादी कर ली थी। पलोमी हो गई तब जाकर ख़याल आया कि उफ़ एक दिन साथ न रह पाएँगे। ये जानना भी कितना मारक था कि इतने दिन साथ रहे भी कैसे? सिर्फ़ शरीर की भूख थी? क्या था।

बनलता जाने कब लन्दन चली गई। अब बीबीसी में काम करती है। कभी-कभी देर रात फ़ोन करती है। तब अमीन पौ फटने का इन्तज़ार करता होता है। ऐसे में आधी नींद की बेहोशी में बनलता की नशे में लड़खड़ाती आवाज़ उस तक सात समन्दर पार करती हुई आती, अस्पष्ट और वजनहीन।

आई विल सेंड योर टिकट अमीन, पलोमी मिलना चाहती है।

उसकी आवाज़ में ब्रिटिश उच्चारण झाँकने लगा है। जब शराब के नशे में धुत्त होती है, तभी फ़ोन करती है। सोबर हुई तो अमीन का फ़ोन तक नहीं उठाती। अमीन अपने पूरे वजूद में हीन और बेसहारा महसूस करता। उसके लिखे में लेकिन ये बेचारगी कहीं बिला जाती है। पर उसे लगता है अगर वो लन्दन में रहता, बनलता और पलोमी के साथ फिर उसके लिखे को भी अलग वज़न मिलता, उसकी पूछ होती। वो बेहतर आत्म-विश्वास से अपने को बरतता, अपने लिखे को तराशता। इस बरसाती में रहते उसकी शख़्सियत लगातार घिस-घिस कर ग़ायब होती जा रही है। लन्दन उसे साई की तरह या अश्विन की तरह बना देता। विदेश में रहने के औरा से सब प्रभावित रहते। अपनी स्थिति को शायद बेहतर तरीक़े से नेगोशियेट कर पाता।

वो इन लोगों के साथ इस तरह बराबरी से उठता-बैठता है यही अचरज की बात है। दुख की भी कि कहीं भी वो बिलोंग नहीं करता।

हमेशा आउटसाईडर ही रहूँगा, हर जगह हर समय।

सिपत के इस आलीशान बँगले में ठंडी बियर पीते हुए भी।

साई खिड़की के पास बैठी है। बियर के दो घूँट पीते-पीते अचानक संजीदा हो जाती है।

"सुनो सब, कुछ बताना चाहती हूँ।"

सब आगे खिसक जाते हैं।

रसोई से कबाब और पुदीने की चटनी का ताज़ा प्लेट रसोइया रख गया है।

"मैं पिछले दिनों लगभग लगातार रोज़ सत्तर-अस्सी किलोमीटर सफ़र कर रही थी। घर से दूर ये जगह थी जहाँ प्रोजेक्ट चल रहा

था। कोई गाँव था लगभग जंगल के बीच। फ़ोन तक नहीं लगता, सिगनल एकदम कमज़ोर।"

"फिर?"

अश्विन कबाब को चटनी में डुबाते पूछता है।

"लगभग हफ़्ते-भर मैं गाड़ी में बैठी, यात्रा करती, न देखते हुए देखती, जंगल, पेड़, चट्टान, गड्ढे, खाई, नीला आसमान, लाल मिट्टी, सब पीछे छूटता जाता। मैं समय नापती। इस मोड़ तक पन्द्रह मिनट, फिर एक लम्बा एकरस रास्ता, लगभग बीस मिनट, फिर पाँच मिनट उबड़-खाबड़ सड़क, फिर जंगल और अन्त में पगडंडीनुमा कच्चा रास्ता जो दसेक मिनट में गाँव तक पहुँचाता। मैं देखती फिर भी कुछ न देखती। मन जाने किन सोच में गुम रहता।

फिर अचानक एक दिन ड्राइवर केशव ने यकबयक गाड़ी धीमी की।"

"ये देखिए नीलगाय।"

मैं सतर्क उत्तेजना से उठ बैठी थी। "किधर? किधर?"

सड़क के उस पार पेड़ों के झुरमुट से निकलती हुई नीलगाय। लगभग मुझे देखती हुई।

"उस पल को हमारी आँखें चार हुईं। मुझे लगा जैसे वो मुस्करा रही थी। शान्त स्थिर जानकार मुस्कान। मैंने अपने फ़ोन का कैमेरा साधा, ज़ूम किया और तसवीर ली। मेरे हाथ उत्तेजना में काँप रहे थे। तसवीर ले लूँ उसके पहले ये ग़ायब न हो जाए।

"एक बार फिर ज़ूम किया, फोकस किया। वो अब भी उसी तरह देखती खड़ी थी। मैंने दूसरी फिर तीसरी तसवीर ली।

"ड्राइवर ने गाड़ी बढ़ा दी थी। मैं पलटकर देखना चाहती थी लेकिन सड़क खाली सुनसान थी।

"अगले दिन मैं सतर्क थी, पूरे रास्ते मैं पेड़ों के सघन झुटपुटे में नीलगाय तलाशती रही। उसी जगह तो और ज़्यादा सतर्क हुई। फिर ख़ुद पर हँसी। ऐसा थोड़े ही होगा कि फिर मेरे इन्तज़ार में नीलगाय वहाँ खड़ी होगी।

"अगले दिन फिर वही हुआ। मैं अपने ख़यालों के परे चौकन्ना बैठी थी। कुछ बन्दर दिखे। बस। कोई नीलगाय नहीं दिखी।

"मैंने बाक़ी रास्ता नीलगाय के बारे में सोचते हुए निकाला। एक कहानी की किताब पढ़ रही थी उन दिनों। एक किरदार थी देवयानी यानी कि देवी। मैंने नीलगाय का नामकरण किया देवी। इस तरह हफ़्ता निकल गया। गाँव तक पहुँचते मैं मायूस हो जाती। आज भी देवी नहीं दिखी।

"मन में एक क़िस्म का एहसास पैठ रहा था कि जिस दिन देख लूँगी कुछ अच्छा हो जाएगा, कोई दैवी चमत्कार टाइप।

"तीन दिन और बीते फिर चौथे दिन जब मैंने देखना बन्द कर दिया था, अचानक हरे के बीच कुछ भूरा दिखा। एक टीले पर एक मोर पंख फैलाए और एक नीलगाय उचककर हरी पत्तियाँ तोड़ती हुई।

एक पल ही होगा, एक पल। दिखने के पहले ओझल। शाम का समय था, लौटने का वक़्त। ज़रा-सा अँधेरा घिरने को तैयार। सूरज अस्त होता अपने पूरे शबाब पर था। नारंगी गोल गेंद जो लुढ़क कर ढलान पर गिर पड़ता। और ऐसे नाटकीय गोधुलि वेला में मोर और नीलगाय साथ-साथ, ऐसे दिखना।

"पूरे रास्ते घर तक मैं किसी जादू के गिरफ़्त में रही।"

साई रुकती है। सब सम्मोहित सुन रहे हैं। इरा की आँखों में झिलमिल आँसू हैं।

"फिर?"

"फिर कई दिन बीते। कुछ न दिखा। कुछ भी नहीं। फिर एक दिन अचानक एक खँडहर-सा मकान दिखा, ज़रा-सा। टूटी शहतीर, पत्थर की आधी दीवार, लतर से आधी ढँकी।

"मैंने सोचा ये भी सही। देवी न दिखे न दिखे ये मकान तो दिखा, टूटा, जाने किसकी रूह वास करती होगी यहाँ।

"फिर एक दिन एक सफ़ेद चिड़िया दिखी। हवा में उड़ान भरते। लम्बी-सी पूँछ-सी, जैसे पेड़ों के हरे में सफ़ेद एक लकीर खींचती हुई।"

पैराडाइज़ फ्लाईकैचर, अश्विन फुसफुसाता है।

"फिर मैंने देवी को खोजना बन्द कर दिया। मैं पूरे जंगल में नई चीज़ें खोजने लगी। जंगल ने जैसे अपना रहस्य धीमे-धीमे खोलना शुरू किया। कभी कोई अजीब तरह का पेड़, कभी ऐसे चट्टानों का जमावड़ा जैसे लोग बैठे हों बतियाते, कभी धूप का टुकड़ा पेड़ों की बीच किसी साफ़-सुथरी मखमल घास पर ऐसे गिरता कि आह निकलती, जन्नत-जन्नत। कभी दिखी हुई चीज़ अगले दिन ओझल और कोई नई चीज़ प्रगट।

"एक दिन लाल मिट्टी और चट्टान धूसर रंग के चट्टान पर एक मोर खड़ा दिखा जैसे कोई मूर्ति या फिर जैसे मुझे दिखाने को स्टेज तैयार किया गया हो, एक दिन गायों का झुंड दिखा, सफ़ेद और

काले घुमावदार सींग। जैसे कोई पुरानी पेंटिंग हो।

"हर दिन जादू था। फिर मुझे लगने लगा कि जो हर दिन हो वो जादू कैसे हो सकता है? कहो? जादू तो कभी-कभार होता है। तभी जादू कहलाता है।

"बस उस दिन से दिखना बन्द हो गया। मैंने देखना बन्द कर दिया। मैं ख़यालों में डूबने लगी।

"अन्तिम दिन था। अचानक लौटते वक़्त मुझे याद आया। मेरे भीतर एक अजीब शिद्दत से चाह हुई। आज देख लूँ किसी भी तरह आज।

"मेरे जादू का सार्थक अन्त हो। आधी दूरी तय हो चुकी थी। गाड़ी एक धचके से रुक गई थी। टायर पंचर हुआ था।

"केशव ड्राइवर उतर गया था। झुटपुटा हो चला था। मैं भी उतर गई थी। रास्ता सुनसान था। कोई चरिन्दा-परिन्दा न था। कहीं पेड़ों के बीच पानी की आभा थी। कोई छुपा तालाब जो पहले कैसे कभी न दिखा था।"

"भीतर जंगल में न जाइएगा, गाड़ी में ही बैठिए। तुरन्त टायर बदलते हैं। अँधेरे के पहले निकल जाना चाहिए।"

केशव बुदबुदा रहा था।

"मैं सड़क के छोर पर खड़ी भीतर जंगल देख रही थी। अचानक मुझे देखती देवी दिखी। पानी के छोर से देखती, ऊँची सतर, ज़रा गर्दन मोड़े, ज़रा कान खड़े किए, चौकन्ना भी नहीं, बस स्थिर।

"हमारी नज़रें चार हुईं। मैंने एक साँस भरी, फिर एक।

"उसने एक पल मुझे देखा, फिर पलटी, फिर सिर्फ़ गर्दन मोड़

कर देखा और एक पल में ग़ायब।"

"मैडम आइए, हो गया, निकलते हैं।"

"गाड़ी में बाक़ी रास्ते मैं चुप रही। जैसे किसी ने मुझे छू लिया हो।"

"फिर?" इरा का सवाल शाश्वत है।

"फिर क्या? कुछ नहीं। बस।"

साई उठकर चप्पल में पैर फँसाकर बाहर बरामदे से हाते की ओर निकल जाती है। पीछे जंगल का छोर है।

सिपत सोचता है क्या मैं इसे लिख सकता हूँ। उसका बदन सिहर जाता है।

अश्विन सोचता है द फॉक्स कहानी। क्या मैं इस नीलगाय का एक वर्ज़न अपने लिखे जा रहे किताब में डालूँ? कितना सुर्रियल रचने की सम्भावना जाग रही है।

इरा के मन में कविता की दो पंक्तियाँ चमक जाती हैं, शीर्षक होगा, सोचें ख़ुशी।

अमीन चुपचाप बाहर निकल जाता है। साई के पीछे-पीछे।

"सब सोच रहे हैं तुम्हारे इस अनुभव को अपनी लिखाई में कैसे दुहा जा सकता है?"

साई हँस देती है।

"तुमने ये बताया क्यों? अपने भीतर रखती, इसे लिख देती न।"

नीलगाय नीलगाय कहाँ? ये तो एक सपना है एक बिम्ब है। दिखने-न दिखने के बीच का अन्तराल। होने-न होने के बीच की जम्हाई, इस दुनिया के असम्भव को सम्भव बनाने की कला। एक

कलाकार के भीतर की कूवत कि उसमें इस दुनिया को हैरत भरी ख़ुशी से देखने का हुनर बना रहे, कि उसके भीतर नीलगाय के जादू को महसूस करने की सादा मासूम ख़ुशदिली बची रहे। बस यही है नीलगाय।

"मैंने जो अनुभव किया मेरे लिए यही है, जिसे कहते हैं एपीफनी मोमेंट। बाक़ी कोई भी लिखे क्या फ़र्क़ पड़ता है। हर कहानी सबकी कहानी है। हम उसी कहानी को बार-बार दोहराते हैं। जीवन में कहानियाँ वही-वही हैं, उनको हम किस दृष्टिकोण से प्रस्तुत करते हैं, उसमें कितनी परतें खोलते हैं और कितनी फिर भी ढँकी-छुपी रहने देते हैं, कहानी कहना मेरे लिए यही करामात है, बच्चे के निर्बाध उत्साह और भोलेपन का खेल है, ऐसे जैसे ये खेल मैंने ही तलाशा है, इसके नियम मेरे हैं, जब चाहूँ उसकी विधा बदल दूँ, कोई उठापटक कर दूँ। मुझे नहीं लगता कि स्टेक्स मेरे लिए इतने ऊँचे हैं कि ऐसी उठापटक का जोखिम न ले सकूँ। जिस दिन इस अहसास से दबूँगी, उस दिन लिखना बोझिल हो जाएगा। कोई मायावी दुनिया बार-बार अपने भीतर गप्प से खींच लेती है। इसका जादू फँसाता है, रोज़मर्रा के काम के बीच फेंका ऐयार का कमन्द है, अकुलाहट, बेचैनी है।"

अमीन और साई धीरे-धीरे सूखे पत्तों पर टहल रहे हैं। पत्तों की चरमराहट है।

अमीन सिगरेट सुलगाकर साई को थमाता है।

"लिखना ज़रूरत है, कई बार साँस लेने जैसा ज़रूरी। लिखते रहना एक तरीक़े का क़दमताल है, शब्दों-भावों को पकड़ने का कुशल

कला कौशल है, संगीत का रियाज़ है। सुर कितने सही लगे ये अपने कानों को सबसे पहले सुनाई देता है। तब सिर्फ़ एक बहाना बचता है। ईमानदारी और सचाई से लिखते रहने की कोशिश होती रहनी चाहिए, अपने-आपको निरन्तर नई पहचान देने की, अपने अन्दर की बीहड़ महीन परतों को पहचानने की, अपने बाहर की दुनिया से सम्बन्ध स्थापित करते रहने..."

साई पलटकर आश्चर्य से अमीन को देखती है, ज़रा ख़ुशी से भी।

"सही कहा तुमने अमीन। लिखना बार-बार उसी दुनिया में लौटना होता है, हर बार नए तरीक़े से और नए दरवाज़ों से, कि लौटना फिर अपने-आपको, अपने परसेप्शन को और उस दुनिया को रीइंवेंट करना होता है, हर बार खुरचकर और भीतर जाना होता है, शायद एक आर्कियोलॉजिकल एक्स्पेडिशन है जहाँ गहराई के हर स्तर पर किसी और दबी हुई स्मृति के अवशेष मिलें। कुछ लिखना अपने भीतर के कुएँ से ठंडा मीठा पानी निकालना होता है, शरीर तर करना होता है, आत्मा नम।"

जाने पीछे से कब सिपत आ गया है। जाने कब से उनकी बात सुन रहा था। उसके हाथ में पकौड़ियों का प्लेट है।

"लिखाई का हर नया शब्द किसी अनजानी यात्रा पर जाने जैसा है। निकले थे पता होता है पर कहाँ और कब पहुँचेंगे ये नहीं मालूम और इस नहीं जानने का सुख ही लिखने का सुख है। किसी जंगल में रास्ता बनाते खोजी हैं हम सब, नई दुनिया की खोज है, नए रास्तों की खोज है, नए शब्दों की खोज है।"

ये कहते नाटकीय तरीक़े से प्लेट सामने करता है।

"इसी संजीदा विचार के साथ पकौड़ियाँ नोश फरमाएँ।"

अन्दर अश्विन इरा को द फॉक्स की कहानी सुना रहा है। फिर भुवनेश्वर की भेड़िये।

इरा नासमझी से कहती है, "पर इन कहानियों का साई के अनुभव से क्या वास्ता?"

सिपत भीतर लौट आया है। अमीन और साई अब भी बाहर हैं।

इरा मैं तुम्हें एक और कहानी सुनाता हूँ। उन्नीस सौ पैंतालिस में न्यूज़ीलैंड में एक लेखक थीं जैनेट फ्रेम। उन्नीस साल की उमर में शित्सोफ्रेनिया डायगनोज़ हुआ और बेचारी बरसों मनोरोगियों के अस्पताल में रहीं जहाँ, उन्हें लगातार बिजली के झटके दिए जाते रहे। अस्पताल में ही उन्होंने साहित्य पढ़ा, ख़ूब डूबकर पढ़ा और लिखने भी लगीं। उसी दौर में पहली किताब भी छपी। क़िस्मत और नियति भी ख़ूब खेल खेलते हैं। उनका लोबोटॉमी होना तय था। लोबोटॉमी समझती हो इरा?

"ख़ैर ये होने ही वाला था कि अस्पताल को ख़बर मिली कि उनको कोई बड़ा साहित्यिक सम्मान उनकी किताब के लिए नवाज़ा गया है। इसका फ़ायदा यह हुआ कि लोबोटॉमी तो टली ही, अस्पताल से मुक्ति भी मिली। आगे चलकर उन्होंने कई शानदार किताबें और कविताएँ लिखीं।

"इरा तुम ऐन एंजेल ऐट माई टेबल देख लेना कभी।"

अश्विन जो अब तक चुप सुन रहा था, एकदम संजीदा हो गया। फिर यकबयक तैश में आ गया, "और हम? हम तो बिना लोबोटॉमी के आधे दिमाग़ के हैं। न सही रच सकते हैं, न पढ़ सकते

हैं। हम जीवन के सतह पर तैरते मौत के मुहाने पर पहुँच जाएँगे, बिना शिद्दत से जीवन जिए हुए, बिना भोगे महसूस किए हुए। बिना गहरे धँसे डूबे हुए।

"मैं बकवास चीज़ें लिखता अपने मुग़ालते में जीता रहूँगा कि तीर मार लिया।

"तुम सिपत, तुम सिर्फ़ ये जुगाड़ लगाते रहना कि कौन सा सम्मान ऐंठना है, किस गोष्ठी में शिरकत करनी है। तुम सिर्फ़ गोल्डेन लाईंस रचो लेकिन उसमें जीवन नहीं है। सिर्फ़ खेल है, करतब है, चालू मुहावरा है।

"और ये इरा प्रेम लिखती रहो तुम। प्रेम कोमल नरम ख़रगोश नहीं प्यारी इरा। प्रेम यातना है, तकलीफ़ है, यंत्रणा है। जिस दिन ये यंत्रणा फीकी पड़ती है प्रेम ख़त्म हो जाता है। लेकिन तुम ये बात कहाँ जानोगी।

"और ये अमीन?"

अमीन और साई भौंचक भीतर घुसते अवाक खड़े हैं, अश्विन की तेज़ रोष भरी आवाज़ के बौछार तले सुन्न।

"अमीन तुम जो लिखोगे उसे कोई नहीं पढ़ेगा, तुम हवा में जीते हो जबकि एक तरह से जीवन में धँसे सिर्फ़ तुम ही हो लेकिन उसका लाभ उठाने की बजाय तुम सिपत की तरह नौटंकी करना चाहते हो?"

अश्विन की आवाज़ आग में धधकती अंगारे उग़लती आवाज़ है। उसका चेहरा तमतमा रहा है, साँस तेज़ फूल रही है।

साई आगे बढ़कर उसे गले लगा लेती है। अश्विन उसे परे धकेलता कब उससे चिपट जाता है। उसका शरीर काँप रहा है। साई

का हाथ उसकी पीठ पर सान्त्वना से गुज़रता है।

सब सकते में चुप हैं। जैसे नाटक का पटाक्षेप हो गया हो, पर्दा गिर गया हो और रोशनी धीमी हो गई हो।

बाबू मोशाय ज़िन्दगी लम्बी नहीं बड़ी होनी चाहिए

अश्विन निढाल हो गया है। सिपत पानी का ग्लास लाता है।

अमीन धीरे से न जाने किससे कहता है, "अब हमें चलना चाहिए।"

कहीं से रेहाना सुल्तान गा रही है—

हम हैं मताये कूचा ओ बाज़ार की तरह

विद्या सिन्हा हाथ पर चेहरा टिकाए मुस्करा रही है। लिखना उसकी सादा मुस्कान की तरह ही होना चाहिए, सम्पूर्ण सादा भरपूर। अमीन के भीतर उदासी और हैरत का मिला-जुला संसार आँखें खोलता है।

बाहर अचानक धीमी झीसी गिरने लगी है। पत्तों पर गिरता संगीत का लय नब्ज़ पर आलाप लेता धड़कता है। ये दुनिया सचमुच इस वक़्त कितनी हसीन दिलफ़रेब है।

मोबीन का लाल हवाई जहाज़

अम्मी सुबह-सुबह जाग जाती हैं। जाने क्या खटर-पटर। सहला बाजी एहतियात से सर पर दुपट्टा लपेटते बिस्तर से उठती हैं। थोड़ी देर खिड़की से टिकी बाहर देखती-मुस्कराती रहती हैं। मोबीन उनींदा उन्हें देखता है।

सहलाऽऽऽऽऽ सहलाऽऽऽऽ

दरवाज़े के बन्द होने की आवाज़ आती है। अब्बू निकले होंगे। मोबीन फिर बिस्तर में दुबक जाता है। कोई चिड़िया पियु पियु पियु बोलते हुए निकल जाती है।

आँगन से पानी भरने की आवाज़ आती है। खिड़की से सुहानी हवा भीतर बहती है। आँखों में मीठी नींद भरती है।

बीनू बीनू मोबीन...।

अम्मी उसे ज़ोर से हिला रही हैं...

"चल उठ...अभी अब्बू आ जाएँगे, देख लेंगे कि सोया पड़ा है फिर तेरी शामत आएगी, चल उठ!"

मोबीन अनमना अधजगा उठकर आँगन में खटिया पर ढुलक जाता है। सहला बाजी कुन्नी के चूल्हे में कुन्नी भर रही हैं। अम्मी की बुड़बुड़ भीतर कमरे से लगातार आ रही है। आँगन में और अच्छी हवा बह रही है, मीठी ठंडी। किनारे के आम के पेड़ पर ढेरों बौर सजे हैं। उसकी मीठी महक। एक पत्ता अरअराकर हवा में नाचता मोबीन के माथे पर गिरता है।

"उठ, फिर यहाँ पड़ गया। आज तेरी शामत है।"

"अम्मी, दिन-भर ग़ुस्सा करती हो..."

मोबीन चिलककर उठ जाता है, फिर बाहर भागकर मुर्गी के दड़बे में घुस जाता है। मुर्गी अंडे से रही है। पास जाते ही ज़ोर से कुड़कुड़ाने लगती है।

हश हुश हुश...

मोबीन ताली बजाकर मुर्गी को भगा रहा है।

"अरे पाज़ी, अब वहाँ जाकर क्यों दिक् कर रहा है, कुड़क है मुर्गी, काट खाएगी तुझे..."

अम्मा की झल्लाहट भरी आवाज़ आँगन से तिरते आती है।

"बस देख रहा था अम्मी कि चूज़े निकले कि नहीं।"

"अभी नहीं, अभी हफ़्ता दिन बाक़ी है न।"

सहला बाजी बाहर आ गई हैं। "इक्कीस दिन लगेंगे...अभी पन्द्रह ही हुए न।"

हाथ पर हिसाब जोड़ती हैं।

मोबीन आँगन में खटिया पर लौट आता है। बाजी उसके बाल सहलाती काँसे के ग्लास में दूध पकड़ाती हैं। अभी-अभी अम्मी ने

दूध दुहा है। गरम, फेनिल और सोंधा। मोबीन के होंठ पर दूध के फेन की मूँछ है।

अब्बू आ गए हैं मस्जिद से। चारखाने की तहमद और गंजी पहनकर बैठे हैं।

"और मोबीन..."

उनकी आवाज़ खरखराती है।

अब्बू मस्जिद के मौलवी हैं, मदरसे में क़ुरान और हदीस पढ़ाते हैं—

> *नबी सल्लल्लाहु अलैहि व सल्लम ने फरमाया : "ज़ुहर का वक़्त उस समय है जब सूरज ढल जाए और आदमी की छाया उसकी लम्बाई के समान हो जाए जब तक कि अस्र का समय न आ जाए।"*

मोबीन आँखें मिचमिचाता अब्बू को देखता है।

"याद है कि भूल गए? पाँचों वक़्त याद है?"

"चलो पहले मुँह धोओ", बाजी बचाव के लिए आती उसे नीम का दातून पकड़ाती हैं। अब्बू को खोजते एखलाक भाई आते हैं। अब्बू बाहर सहन में निकल जाते हैं।

बाजी चीनी की रोटी पका रही हैं। पूरे आँगन में चीनी के लहियाने की ख़ुशबू फैल जाती है। मोबीन को ख़ूब पसन्द है। एक के बाद एक करके तीन खा लेता है। अम्मी दिन के खाने की तैयारी करती हैं। बाजी कोई चादर निकाल लाती हैं जिसमें फूल काढ़ रही हैं। महीनों से। छोटे-छोटे साटन के फूल। बाजी की कशीदाकारी सुघड़ है। सब

तारीफ़ करते हैं। बाजी की शादी तय है। महमूद भाई जो मामूजाद भाई हैं उनसे। दुबई में काम करते हैं।

मोबीन को महमूद भाई भी ख़ूब पसन्द हैं। पिछले साल आए थे तब मोबीन के लिए अजीब-अजीब हैरतअंगेज़ चीज़ लाए थे। पेंसिल से भी पतला एक टॉर्च, एक छोटा रेडियो, ख़ुशबूवाला रबर, नीले कंचे, रँगनेवाली किताब, एक स्लेट जिस पर लिखो-लिखो फिर कपड़े के टुकड़े से पोंछो तो फिर साफ़ सफ़ेद और सबसे मज़ेदार एक उड़नेवाला जहाज़। लाल रंग के डैनेवाला। बैटरी से उड़ता था। आँगन में उड़ाया तो पेड़ से टकराकर गिर गया था। फिर खेत में जाकर उड़ाया। नीले आसमान में कैसे गोल-गोल उड़ता था। सारे दोस्त कितना जले थे। कन्ना, गोली, बुट्टन, सुभान, फत्तन...सब। मोबीन शहंशाह था दोस्तों को बीच। सब आगे-पीछे।

मोबीन यार एक बार हमका भी देओ न उड़ान ख़ातिर...सब मनुहार करते।

फिर फत्तन के अब्बू जो रियाध में फिटर का काम करते थे, उन्होंने उसके लिए एक ड्रिल मशीन भेजा। भेजा तो उसके भाई कमरून के लिए लेकिन फत्तन की शान दोस्तों में अलग हो गई। बिजली से चलती और कहीं भी मिनटों में छेद कर देती। मोटे सीमेंट और पत्थर में भी। कमरून की दुकान में मेज़ पर सजी रहती। फत्तन ने चला कर दिखाया था। लकड़ी के शहतीर पर फट से सुराख...घर्र-घर्र की धीमी-सी आवाज़, ज़रा-सा बुरादा और एकदम गोल सुबुक सुराख।

ये अलग बात थी कि गाँव में हर घर में बिजली नहीं थी अब भी। मियाँ की भटकन में खाली महजिद में और सगीर मियाँ की हवेली में। बगल में बाबू की भटकन में बाबू साहब की ड्योढ़ी पर भुक-भुक लाईट जलती। मुसहरों की टोली में अँधेरा टोटल था। हाँ 'सहारा' में ख़ूब जगमग लाईट जलती। रात में एकदम जगमग। दूर से अँधेरे में जगमग रोशन दिखता। मोबीन की खिड़की से दिखता।

बावज़ूद की ड्रिल मशीन सिर्फ़ वहीं चल सकती जहाँ बिजली थी, फत्तन के शान में कमी नहीं आई। बल्कि शायद शान बनी भी इसीलिए रही कि सबने ड्रिल का मज़ा एकाध बार ही देखा। सो जादू बना रहा।

मोबीन के हवाई जहाज़ की बैटरी ख़त्म है। जहाज़ को सँभाल कर बक्से में रख दिया है। कभी-कभी मोबीन रात को निकालकर छाती से चिपटाकर सोता है। सपने में उड़ता है हवाई जहाज़, दूर देश, जंगल, पहाड़, नदी के ऊपर, बादलों के बीच, चिड़ियों के साथ। मोबीन के बाल हवा में फरफराते हैं।

पॉकेट में चना और गुड़ भरे मोबीन निकल गया है। झबरीला पिल्ला जबरा, बकरी के छौने चुकु और मुकु, गाय की बछिया कजरी। पूरा लाव-लश्कर है।

मोबीन को पढ़ाई में जी नहीं लगता। उसका बस चले तो सारा दिन खेत-नदी फिरता रहे। छुट्टियाँ हो तो किसी के बाँधे नहीं बँधता। अम्मी के तो बिलकुल नहीं। अब्बू दिन-दिन-भर व्यस्त रहते हैं। सौ काम। मस्जिद-मक़तब के, गाँव-जवार के। आलिम ठहरे। सब उनसे

सलाह-मशविरा करते। थोड़ी-सी खेती है। बटाई पर दे रखा है। अम्मी और बाजी सब्ज़ियाँ उगाते हैं पिछवाड़े। खेत में सरसों, गेहूँ। दो गाय है, तीन बकरियाँ, एक दर्जन मुर्गियाँ और चार बत्तख। और सबके ऊपर एक मोबीन। दस साल का आफ़त का परकाला।

गाँव के पच्छिम में नदी बहती है। इच्छापूर्वा नदी। जो अब सबकी पूरा नदी है। पूरा, नूरा, इच्छा, इछिया। परब। पीयरी। कितने तो नाम हैं। मोबीन को पीयरी पसन्द है। जब मौक़ा लगे भाग निकलता है। तट पर कैवाल घास है। सूखी नम मिट्टी में, घास में लेट जाना। पानी की हल्की तरंग पैर को पछारते रहे, चेहरे पर धूप गिरती रहे और जबरा कुनमुमाकर पेट पर सो जाए। मोबीन ज़न्नत में है। फत्तन, कन्ना और बुट्टन आ जाते हैं तो मछली मारते हैं दिन-भर। पेड़ पर चढ़कर ढेला फेंकते हैं पानी में, सब कपड़े उतारकर नंग-धड़ंग पानी में छपाक तैरते हैं।

अम्मी कितना बार मना की है, "पानी में न उतरना रे मोबीन। धार तेज़ है, भँवर खींच लेगी।"

कन्ना बोलता है, "पाताल होता है भँवर के नीचे। पैर पकड़कर गड़प से खींच लेगा भूत, नदिया भूत।"

"फिर?"

"फिर क्या। अगर नसीब रहा तो जलपरी मिलेगी, पाताल लोक का राजकुमार बना देगी।"

"धत्त, कौन बोला?"

कन्ना की दादी सौ बरस की है। सब जानती है।

"हमरी इया बोली", कन्ना छाती फुलाता है।

"इया देखी है का?"

कन्ना बगले झाँकता है, "देखी होगी। फिर चरफराता है, हाँ देखी है न। एक बार नदी में पैर फिसल गया था नहाते बख़त। तब डूबिए गई थी। तब्बे देखी होगी।"

मोबीन आँख फाड़े सुनता है। "हमरे अब्बू भी जिन्न देखे हैं।"

बुट्टन सुगबुगाता है। "हमलोगन का भूत और तुमलोगन का जिन्न एक्के होता है न?"

कन्ना पेट पकड़ हँसता है, "भूत सब तिलक लगा के रात को कीर्तन करता है और जिन्न-चुड़ैल सब मस्जिद में नमाज़।"

दिन-भर भटककर शाम को गन्दे थके-भूखे-प्यासे घर लौटने पर ख़ूब कुटाई होती है मोबीन की।

"हैं दिन-भर आवारागर्दी करेगा?"

अब्बू हर धौल के बाद यही जपते हैं। आज जल्दी घर आ गए हैं तो मालूम पड़ा है दिन-भर की डेहंडली का। अम्मी बहुत कुछ अब्बू से छुपाए चलती हैं। जैसे सबीहा को उधार दिया है पाँच हज़ार का, या कब्बन शहर में दूसरा निकाह कर लिये हैं, या कि महमूद सहला को चिट्ठी लिखता है, कभी-कभी फ़ोन भी करता है जब सहला 'सहारा' जाती है तब, या ये भी कि सहला 'सहारा' जाती है, कढ़ाई, सिलाई और करघा चलाना सीख रही है।

अब्बू 'सहारा' के एकदम ख़िलाफ़ हैं। किसी को नहीं जाना वहाँ। मियाँ की भटकन से कोनो नहीं जाएगा उधर।

बाबू साहेब खोले हैं 'सहारा'। गाँव में सब उसको 'ससुरारी' बोलते हैं, मज़ाक़ में। अम्मी और सहला देख आई थीं जब बनकर

तैयार हुआ था। बड़ा-सा गेट। ख़ूब सुन्दर और जगमग। भीतर क्या अद्‌भुत दुनिया।

शुरू में कोई न जाए वहाँ। बाबू साहेब की पत्नी सुमित्रा देवी घर-घर जातीं अपने अमला-गुमला सहेलियों के साथ।

आइए वहाँ, एक बार देखिए, गाँव के भले के लिए खोले हैं। लेडी डॉक्टर और ट्रेंड दाई है डिसपेंसरी में, बच्चा लोग के वास्ते स्कूल, औरतों को सिलाई-बिनाई, लड़का लोग को कम्प्यूटर और दूसरा हुनर सिखाया जाएगा।

सब मुँह बिचका दें। बबुआइन और बाबू साहेब भी पगलाय गए हैं। हद है। काहे कोई जाए वहाँ। कोन समय इफ़रात है का?

लेकिन धीरे-धीरे बाबू टोला, कायथ टोला के लोग जाने लगे वहाँ। सहला छुपकर चीनी के साथ गई। चीनी, चिन्तामणि, उसकी सहेली। चीनी का ब्याह हो गया है। गौना अभी बाक़ी है। चीनी का दूल्हा बड़े शहर में नौकरी करता है। चीनी को फ़ोन पर बोला कम्प्यूटर सीख ले।

फ़ोन चीनी को नहीं किया था। फ़ोन किया था चीनी की भौजाई को। भौजाई ने छेड़ते हँसते कमरे में छुपा के चीनी को बात करवा दिया था। चीनी मैट्रिक पास है। शर्त ये है कि अगले साल जब गौना होगा तब शहर में आगे पढ़ाई करेगी।

मोबीन को चीनी दीदी बहुत सुन्दर लगती हैं। एकदम गोरी, चिपटे चेहरे पर हँसी झिलमिल करती है। जब सहला बाजी से गप करने आती हैं तब मोबीन के लिए कुछ-न-कुछ खाने को लाती हैं।

"बीनू शहर चलेगा मेरे साथ?"

मोबीन की आँख चमक जाती है।

बिफे को जब हम 'सहारा' जाएँगी तब चलना हमारे संग।" चीनी दीदी फुसफुसा रही हैं। सहला बाजी डर जाती हैं।

"अरे चिनिया चुप कर। अब्बू जान जाएँ तो चमड़ी उधेड़ देंगे।"

मोबीन 'सहारा' देख चुका है। पूरब की तरफ़ चहारदीवारी के ऊपर जामुन के पेड़ की शाख लटकी है। अगर चढ़ जाओ तो भीतर दिखता है। मखमल घास और एक तरफ़ पोखर उसमें एक नाव। बीच में चबूतरे पर अजीब-सी लोहे की मूरत, हवा में हाथ फैलाए हुए। एक तरफ सफ़ेद चूने से रँगी इमारत, पक्की विशाल इमारत। ख़ूब पेड़, ख़ूब हरी घास, बड़ा-सा चबूतरा। इधर-उधर करते लोग, शहर से आए वहीं रहते लोग।

कई बार मोबीन पेड़ पर बादुर की तरह पेटकुनिये लेटा भीतर देखता है। चश्मेवाले भैया कितने सुन्दर दिखते हैं। गाँववालों से अलग। लम्बी-सी ढीली-ढाली पतलून, माथे पर गिरते बाल और बड़ा-सा चश्मा। 'सहारा' के भीतर इधर-उधर करते दिखते हैं। चीनी दीदी बताती हैं फिरोज़ भैया कम्प्यूटर सिखाते हैं, बच्चों को विज्ञान पढ़ाते हैं।

सुबह-सुबह बाजी उसे झकझोरकर उठाती हैं।

"चल बीनू चूज़े निकल गए, चल जल्दी।"

मोबीन हड़बड़ाकर भागता है। दड़बे में रूई के गोले बिखरे हैं। इतने नन्हे, इतने प्यारे। इतने मुलायम।

"बाजी मैं छूँ लूँ तो टूट तो नहीं जाएँगे?"

पूरी सुबह मोबीन दड़बे से बाहर नहीं निकलता। नाश्ता करता है फिर अन्दर।

अम्मी छेड़ती हैं, चार चूज़ों का आज शोरबा पका लेते हैं।

मोबीन बिफर जाता है, ख़बरदार मेरे चूज़ों को जो हाथ लगाया।

दो-एक दिन में चूज़े ज़रा मज़बूत दिखने लगते हैं। एक चूज़ा मोबीन के कन्धे पर रखो तो पतली गर्दन निकाले इधर-उधर देखता है।

मोबीन ने उसका नाम बकलू रखा है, बिलकीस बानो।

रात को बिलकीस उसकी काँख में दुबककर सोती है। जबरा पिल्ला हैरत भरे दुख से आँखें झपकाता है।

दिन में मोबीन अकेला नदी पीयरी जाता है। जबरा पिल्ला उसके पीछे-पीछे। नदी में एक टूटा चचरी पुल है। चचरी पुल पर पट लेटे पानी को बहते देखना मोबीन को अच्छा लगता है। पानी गोल घुमड़ता सीधा होता फेन जगाता बहता जाता है। कभी कोई फूल, कोई टूटा कुन्दा, कोई पत्ते का दोना बहता आता है। पानी को देखते-देखते मोबीन पर नशा-सा चढ़ जाता है। जबरा पिल्ला किनारे बैठ इन्तज़ार में भूँकता है। रह-रहकर।

मोबीन अधनींदे लकड़ी की टहनी से पानी को ठेलता है। उसे लगता है नाव में बैठा सात समन्दर पार कर लेगा। उसके आगे-पीछे गाँव-घर की दुनिया ग़ायब हो जाती है। बस मोबीन है, बहता हुआ पानी है और मोबीन की आँखों में समन्दर पर नाव का सपना है।

कोई मक्खी भिनभिनाती है, मधुमक्खियों का झुंड छत्ते पर लौटता है, एक चील गोल-गोल आसमान में विचरती है। और नीले आसमान अचानक एक जहाज़ उड़ता है। लाल रंग का छोटा जहाज़। नीले आसमान में लाल जहाज़। मोबीन का दिल धक्क से रह जाता है। जहाज़ एकदम नीचे उड़ता, तूफ़ान की कड़क-सा आवाज़ करते फिर ऊपर-ऊपर-ऊपर उठता विलीन हो जाता है। मोबीन आँख फाड़े बहुत देर तक आसमान में देखता है जब तक कि उसकी आँखें दुखने लग जाती हैं। रात को खाने पर मोबीन चुप गुमसुम है।

अब्बू रोटी और सालन खाते अम्मी से बातें करते हैं। रफिया के शौहर कब्बन ने तीन बार तलाक बोल दिया। अब रफिया का क्या होगा। अम्मी परेशान हैं। अब्बू उनको धीमी आवाज़ में समझा रहे हैं।

कुछ आमदनी उसकी होती...बच्चे कैसे पलेंगे? कब्बन शहर में दूसरा निकाह कर लिये अब क्या ख़ाक पैसे देंगे इस घर को।

अम्मी धीमे सरगोशी करती हैं, "अगर रफिया 'सहारा' में जाकर काम शुरू करे तो? सुना अच्छे पैसे मिल जाते हैं, बहुत तरह का काम है फिर कुछ सीख भी लेतीं...कोई हुनर? आगे काम आता..."

अब्बू तमतमाकर खड़े हो जाते हैं..."बीबी फालतू बात नहीं... मैं कब्बन से बात करूँगा..."

मोबीन नींद में कुनमुनाता है। बिस्तर के नीचे सोया पिल्ला आँख खोल चौंककर देखता फिर कूदकर बिस्तर पर मोबीन के तलुवे पर अपना सर रखता सो जाता है।

सहला बाजी को बुख़ार हो गया है। सोई पड़ी हैं। चीनी दीदी आती हैं।

"आज 'सहारा' मैं अकेले जाऊँ सहला? चल बीनू तू चल!"

"बीनू गेट तक छोड़ आएगा।"

मोबीन गेट से लौटने लगता है तो चीनी दीदी उसे खींचकर भीतर कर लेती हैं। चीनी दीदी के पीछे छुपता मोबीन कम्प्यूटर सेंटर पहुँचता है।

कमरे में आठ लोग हैं। मोबीन फिरोज़ भाई को देखता है। नज़दीक से और सुन्दर। एकदम देवानन्द जैसे। पिछले इतवार ही तो परदे पर प्रोजेक्टर से सिनेमा दिखाया गया था चौपाल पर। सहला बाजी देवानन्द को प्यार करती हैं। नए वाले हीरो लोग को नहीं। खाली देवानन्द और सलमान ख़ान को। फिरोज़ भाई एकदम देवानन्द हैं।

चीनी दीदी उसे आगे ठेलती है, "सर ये मोबीन है, बहुत तेज़ है। एकदम जल्दी से सीख लेगा आप सिखाएँगे तो।"

फिरोज़ भाई नज़र भरकर मोबीन को देखते हैं।

"रोज़ आएगा घंटा-भर?"

गर्मी की छुट्टी में मदरसा बन्द है। मोबीन के पास समय-ही-समय है। लेकिन अब्बू?

मोबीन सिर डुलाता है।

बहुत बड़ा-सा हॉल है। एक तरफ़ मेज़ पर एक लाईन से कम्प्यूटर लगे हैं। दूसरी तरफ़ बच्चे कुछ बना रहे हैं। कोई बेला दीदी है जो सबको सीखा रही हैं। कूट के डब्बे से कैमरा बनाना। लकड़ी

के ताखे पर किताबें-ही-किताबें। नीचे दरी और मोढ़े पर बच्चे बैठे हैं। कम्प्यूटर पर बड़े बच्चे ज़्यादा हैं। चीनी दीदी कम्प्यूटर खोलती है। उसका स्क्रीन जगमगाता है। मोबीन ने ऐसी चीज़ तो कभी देखी नहीं। उसकी आँखें फट जाती हैं।

रात को मोबीन को नींद नहीं आती। झबरा पिल्ला उसके गाल चाटता है। सहला बाजी बुख़ार में बड़बड़ाती हैं। अम्मी उसे ठंडी पट्टी करती हैं। अब्बू कोई पुड़िया में क़ुरान की आयत लिखकर उसके सिरहाने रखते हैं फिर दुआ पढ़ते फूँक मारकर बाजी का माथा सहलाते हैं।

दस दिन बीत गए हैं। बाजी का बुख़ार कम-बेस होता है। चुपचाप बिस्तर में सोई रहती हैं। अम्मी की चिन्ता बढ़ती जाती है। चीनी दीदी कहती हैं, सहला को डॉक्टर दीदी को दिखा दें न।

अब्बू हकीम सैय्यद मीर हसन से दवाई ला-ला खिलाते हैं। बाजी का बुख़ार नरम पड़ता है लेकिन छूटता नहीं।

मोबीन दिन में 'सहारा' रोज़ जाता है। तीन दिन तो फिरोज़ भाई उसे देखते तक नहीं। चीनी दीदी के संग मोबीन लगा रहता है। फिर चीनी दीदी के ससुराल से कोई मेहमान आते हैं। चीनी दीदी का आना छूट जाता है।

अकेले मोबीन की हिम्मत नहीं पड़ती। पाँचवें रोज़ फिरोज़ भाई दिखते हैं, सर झुकाए चलते हुए उसकी घर की तरफ़।

अब्बू देख लें तो आफ़त हो जाएगी। मोबीन भागकर बीच रास्ते उन्हें पकड़ लेता है।

"आदाब।"

"तुम आए नहीं?"

"बाजी की तबियत ख़राब है।"

फिरोज़ भाई मुड़ जाते हैं। "कल आना तीन बजे।"

अगले दिन मोबीन हिचकता-घबराता पहुँचता है। दरवाज़े से चुप अन्दर झाँकता है। पूरा हॉल खाली है। सब घर गए। सिर्फ़ कमरे में फिरोज़ भाई हैं।

मोबीन धीरे से भीतर घुसता है, दबे पाँव।

"अरे तुम कब आए?"

फिरोज़ भाई हँसते हैं। "आओ।"

कम्प्यूटर का स्क्रीन जगमग है।

देखो ये फ़िल्म...आराम से यहाँ बैठो...आधे घंटे देखो फिर बाक़ी कल।

फ़िल्म चलाकर फिरोज़ भाई अपने कोने में लौट जाते हैं। एक मोटी किताब में डूब जाते हैं। कमरे में नीम अँधेरा है। मोबीन का दिल इतने ज़ोर से धड़कता है। इस अँधेरे ठंडे कमरे में...ओह कितनी आवाज़ है मेरे दिल की। और स्क्रीन पर कैसी जादू की दुनिया है, ओह!

कम्प्यूटर के स्क्रीन पर विदेशी लोग हैं, अँग्रेज़ी बोलते हुए। मोबीन कुछ समझ नहीं पाता लेकिन एक लड़की है उसके जैसी, उसके अब्बू हैं, उसके अब्बू जैसे तो बिलकुल नहीं और ढेर सारी बत्तख हैं, उसके बत्तख से बड़ी ख़ूब बड़ी और लाल हवाई जहाज़ है डैनोंवाला जिसे लड़की उड़ा रही है। ऊपर नीला आसमान है, नीचे हरी धरती, तालाब, गाँव, खेत...पूरी दुनिया। लड़की के जहाज़

और उसके अब्बू के जहाज़ के बीच उड़तीं बत्तखें...ढेर सारी एक क़तार में। कितना सुन्दर कितना सुन्दर कितना सुन्दर।

मोबीन सपने में है। ऐसा कैसे हो गया? इस कम्प्यूटर को कैसे पता चला उसके सपने का। मोबीन की हथेलियाँ पसीज जाती हैं। इस कमरे में मोबीन अकेला है, एकदम अकेला। कमरा नाच रहा है गोल-गोल। हवाई जहाज़ ऊपर-ऊपर उड़ता एकदम नीचे गिरता है, फिर हवा में उठता है। मोबीन मुड़ता है। बत्तख उसकी बगल में उड़ रही हैं...एक-दो-तीन-चार...मोबीन हाथ बढ़ाता है, उसके पंख को छू लेने के लिए। ज़रा-सा और। उसकी उँगलियाँ बस अब छू ही लेंगी। ज़रा-सा और।

"बस अब कल बाक़ी..."

फिरोज़ भाई ने कमरे में रोशनी कर दी है।

मोबीन अचकचाकर देखता है। कम्प्यूटर का स्क्रीन झलमल करता काला पड़ गया है। खिड़की से परदे हटा दिए गए हैं। देर दोपहर की फीकी धूप शीशे पर पड़ती है।

कमरा वही है, किताबें, दरी, मेज़, बेंच। मोबीन यहीं है, गाँव के इस हिस्से में, 'सहारा' के इस कमरे में। उसे अचानक सहला बाजी की याद ज़ोर से आती है।

"कल इसी समय आना।"

फिरोज़ भाई कमरे में ताला लगाते कहते हैं। घास पर माली पानी पटा रहा है। डिस्पेंसरी के बाहर तीन-चार मरीज़ों की भीड़ है। एक तरफ़ कायथ टोले के कुछ बच्चे फुटबॉल खेल रहे हैं।

मोबीन दौड़ता-दौड़ता हाँफता घर पहुँचता है।

"किधर भटक रहा था?" अम्मी उसकी पीठ पर धौल जमाती हैं, फिर तश्तरी में भात-दाल-चोखा डाल पकड़ाती हैं।

"दिन-भर भूखा-प्यासा पगलाया फिरता है। अब्बू जान लें तो भारी कुटम्मस हो जाए।"

बड़े-बड़े कौर ऐसे तेज़ी से निग़लता है कि गले में ढाँस लग जाती है।

"अम्मी उसे पानी दे दो।" सहला बाजी की कमज़ोर-सी आवाज़ आती है।

मोबीन तश्तरी लिये बाजी के कमरे में बैठता है। उसे बाजी को सिनेमा की कहानी बतानी है।

बाजी का चेहरा एकदम पीला ज़र्द पड़ गया है। उनकी आँखों के नीचे स्याह घेरे हैं।

"बाजी जामुन खाओगी? लाएँ..."

"न न।"

बाजी सिर हिलाती हैं।

अम्मी पूछती हैं, "दो चम्मच साबूदाना खा लो। लाएँ? ताक़त आएगा।"

अब्बू शाम को कहते हैं, "हकीम साहब से दूसरी पुड़िया लानी होगी। बीबी इसको पाये का शोरबा पिलाओ। बच्ची को ताक़त आएगा।"

सुबह बाजी थोड़ी अच्छी हैं। बाहर आँगन में कुछ देर खटिया पर लेटती हैं। अम्मी ख़ुश हैं आज। मोबीन भी। बाजी के पैर दबाता है। झबरा पिल्ला खटिया के नीचे बाजी के चप्पल पर लेटा है।

बत्तखें शोर मचाती चाँपाकल के पास पानी की तलाश में हैं। मोबीन बत्तखों को नई निगाह से देखता है। काश बाजी को कल वाली फ़िल्म दिखा पाता। बाजी कित्ता ख़ुश होतीं। दिन-भर मोबीन अनमना फिरता देर दोपहर के इन्तज़ार में। ठीक तीन बजे हाज़िर है। फिरोज़ भाई मुस्कराते हैं और बिना कुछ कहे फ़िल्म लगा देते हैं। मोबीन दुनिया से जुदा है अब। एक घंटे किस नशे में बीतते हैं। मोबीन का शरीर-मन-आत्मा उस लड़की ऐमी के साथ है।

फ़िल्म ख़त्म होती है। मोबीन न समझते हुए भी कहानी समझ लेता है।

“सब समझे कि नहीं?” फिरोज़ भाई पूछते हैं।

मोबीन उनको न देखते हुए देखता है।

“ये तुम्हारी तरह एक लड़की ऐमी की कहानी है जिसकी माँ मर चुकी है और जो अपने पिता के पास रहने आई है। एक दूर देश है कनाडा, वहीं। उसके पिता सनकी आविष्कारक हैं जिनको वो बहुत जानती नहीं। आविष्कारक समझते हो? जो नई चीज़ें इजाद करता है। ठीक? ऐमी ऐसी स्थिति में बड़ी दुखी और निराश है। फिर अचानक उसे जंगली बत्तख के अंडे मिलते हैं। अम्मा बत्तख के त्यागे हुए अंडे। जब चूज़े निकलते हैं ऐमी उनकी अम्मी बत्तख बन जाती है। सर्दियों में इन जंगली बत्तखों को दक्खिन उड़ना है। लेकिन उन्हें उड़ना कौन सिखाएगा?”

“ऐमी।” मोबीन फुसफुसाता है।

“हाँ ऐमी।”

"ऐमी के अब्बू उसे एकदम हल्के छोटे जहाज़ ग्लाईडर को उड़ाना सिखाते हैं।

"ऐमी जहाज़ उड़ाती है और बत्तख उसे देख सीखते हैं उड़ना। ऐमी और उसके अब्बू उन बत्तखों को दक्खिन उड़ा ले जाते हैं। पूरे रास्ते लोग उनका उत्साह बढ़ाते हैं। टीवी पर उनकी इस कोशिश को दिखाया जाता है। और अन्ततः वो कनाडा से बत्तखों को दक्खिन में करोलाइना ले आते हैं।

"सर्दियाँ ख़त्म होती हैं और ऐमी एक सुबह देखती है सारी बत्तख सर्दियों के ख़त्म होने पर वापस घर लौट आई हैं। (करोल बलार्ड की फ़िल्म फ्लाई अवे होम)"

मोबीन नशे में घर लौटता है। रात अब्बू अम्मी से पूछते हैं, "ये मोबीन इतना गुमसुम क्यों है?"

रात बिस्तर में दुबके मोबीन का शरीर उस ग्लाईडर में ऐमी की बगल में बैठा है। सुबह आँगन में गिरे आम के टिकोलों को पैर से लुढ़काता मोबीन अब्बू को ख़ूब प्यारा दिखता है।

"आ इधर आ!"

अब्बू मोबीन को खींच सटा लेते हैं। मोबीन की आँखें कितनी बड़ी, काली और चमकीली हैं। जैसे सारी दुनिया की हैरानी और जिज्ञासा उसमें भरी हो। उसके बाल उसके माथे पर बेतरतीब गिरते हैं। उसके ढीले कमीज़ के भीतर उसकी देह कितनी कोमल और नाज़ुक-सी है। मोहब्बत और शुक्रगुज़ारी में अब्बू का दिल भर आता है।

दुनिया की सब नेमतें तुमको अता हों मेरे बच्चे। वो मन-ही-मन बुदबुदाते हैं। अम्मी चाय का गिलास उनकी बगल में रखती हैं। बाजी कुछ दिनों से थोड़ी बेहतर हैं। दुपट्टा लपेटे बरामदे में बैठी हैं। अम्मी प्याज काट रही हैं। उसकी तीखी झाँस से सबकी आँख परपरा रही है। आज गोश्त पकेगा। सहला बाजी का मुँह फीका हो गया है। तीता मसाला खाकर बच्ची का स्वाद वापस फिरेगा।

अब्बू आज ख़ुश हैं।

"अब्बू अब्बू..." मोबीन ख़ुशामद करता है।

"बोल..." अब्बू अपनी दाढ़ी के भीतर से मुस्कराते हैं।

"हम सहारा जाएँ? वहाँ फिरोज़ भाई..." मोबीन हकलाता है।

"फिरोज़ भाई ने कहा था उसे ग्लाईडर जहाज़ बनाना सिखाएँगे। वहाँ बेला दीदी हैं, अंशु भैया हैं, जया दीदी हैं, डॉक्टर दीदी हैं, संजय दादा हैं, बहुत से बच्चे हैं। कन्ना रोज़ जाता है, बुट्टन भी। उन्होंने कूट का कैमरा बनाना सीख लिया है, जहाज़ कैसे उड़ता है, आईने में छवि बाएँ कि दाएँ क्यों हो जाती है, नाव पानी पर कैसे तैरता है, पानी में तेल क्यों घुल नहीं जाता जबकि नमक घुल जाता है, रोशनी सीधी रेखा में क्यों जाती है, छाया क्यों लम्बी और छोटी हो जाती है, मौसम क्यों बदलता है, बुख़ार क्यों होता है, जाड़े में सिहरन क्यों होती है, आँखों का चश्मा कैसे काम करता है...जैसी हज़ार-हज़ार हैरतअंगेज़ बातें।"

अब्बू एकदम नाराज़ हो जाते हैं। अचानक से।

"कोई सहारा-वहारा नहीं जाना। सब बकवास है। मदरसा जाओ। वहीं पढ़ो-सीखो। क्या रखा है वहाँ। नाच-गाना सिखाते हैं। नचनिया

बनना है? उल्टी-सीधी बातें दिमाग़ में डालेंगे? कुफ्र है। हमारा अपना तरीक़ा सही है। सदियों से बाप-दादा का तरीक़ा क्यों छोड़ें? पंडीज्जी से भी बात हुई थी। उनके टोले से भी कोई नहीं जाता। औरतों को बददिमाग़ करना, बच्चों को बिगाड़ रखना..."

अब्बू की आवाज़ बिजली की कड़क है। दिन में काला बादल है। झमझम बरसात है। मोबीन दुबक जाता है। अम्मी के दिल में हौल है। ग़नीमत है सहला बुख़ार की वजह से सहारा नहीं जा रही। ऐसे बाप की हुकुमउदूली कर जाना ठीक नहीं। न। अब ठीक हो जाए फिर भी वहाँ जाना ठीक नहीं। सहला उठकर कमरे में चली जाती है। अम्मी ज़ोर-ज़ोर से मसाला पीसने लगती हैं जैसे इससे ज़रूरी जीवन में और कोई बात नहीं।

अब्बू तिनतिनाते हुए कमीज़ पहनते बाहर निकल जाते हैं। मोबीन उदास जबरा के साथ बाहर अनमना फिरता है। जबरा बार-बार उसके सामने उछलता-भौंकता है। बत्तखें कैंक-कैंक करती एक क़तार में पोखर की ओर चल दी हैं। बाँका टुंडा मुर्गा अपनी कलगी फैलाए शान से सब्ज़ियों की बाड़ी में राजा बना घूमता है। मुर्गियाँ अपने चूज़ों को परों में छुपाए कुड़-कुड़ करती जबरा को हड़काती हैं।

अब्बू हफ़्ते-भर को बाहर गए हैं। मामू के हियाँ गए हैं। महमूद भाई आने को हैं। निकाह की कोई तारीख़ तय होनी है। मुमानी बहुत ज़बर हैं। ख़ुद भी तो आ सकती थीं पर अब्बू को बुलवा भेजा।

अब्बू नहीं हैं तो मोबीन बेखटके 'सहारा' जाता है। ऐमीवाले सिनेमा से उसका मन ही नहीं भरता। फिरोज़ भाई एक दिन सबको बिठाकर एक चूहे की कहानी दिखाते हैं जो खाना बनाना सिखाता है। रातातूई। पहले कहानी सुनाते हैं फिर सिनेमा दिखाते हैं। बच्चे सब ख़ूब हँसते हैं। एक दिन कुंगफू पांडा, पोलार ट्रेन...एक दिन कोई और।

संजय दादा सबको एक गाना सिखा रहे हैं। बेला दीदी फुटबॉल। अंशु भैया साफ़ सफ़ाई। जया दीदी रंग रँगना। ख़ूब सारी औरतें आती हैं। एक इतवार जुटान होता है। काश कि अम्मी और सहला बाजी आते, काश कि अब्बू देखते।

कमरुन भैया दिखते हैं। वहाँ काम कर रहे हैं। एक नई इमारत बन रही है। उसी में काम।

मोबीन अकेला फिरता है। अब्बू से बेहद नाराज़गी है। क्यों न जाए मोबीन वहाँ। चुपके से चीनी दीदी सहला बाजी को डॉक्टर दीदी को दिखा आती हैं। दवाई ले आती हैं। अम्मी पुड़िया भी खिला रही हैं और कैपसूल भी। दो दिन में ही बाजी का बुख़ार उतर गया है। बस कमज़ोरी है।

मोबीन को बड़े होकर जहाज़ उड़ाना है। फिरोज़ भाई कहते हैं, पाइलट। वही बनना है। उसके लिए शहर में पढ़ना होगा। अब्बू कभी नहीं मानेंगे। उसके लिए मोबीन को ऐमी बनना होगा जिसने छुपकर ग्लाइडर उड़ाना सीखा। उसके लिए अब्बू को मनाना होगा चाहे जैसे।

मोबीन और जबरा नदी पियरी जाते हैं। मोबीन चचरी पुल पर चित लेटा है। जबरा अपना डर हटाकर उसकी बगल में लेटा है।

आसमान कितना नीला है। सफ़ेद फाहे से बादल जहाँ-तहाँ बिखरे हैं। नीचे, चचरी के नीचे बहते पानी का कल-कल है। गर्मी की हवा है। मोबीन एकदम नहीं हिलता। उसकी आँखें मुँद जाती हैं।

जहाज़ उलट गया है। आसमान नीचे और पृथ्वी ऊपर। उल्टा एक कटोरा। हरा एकदम हरा, कहीं-कहीं भूरा। नदी पियरी की एक रेख, पीली-मटमैली-नीली-हरी। किसी ने मोटे ब्रश से, उँगली से एक तरफ़ लाल रँग दिया है। अरे ये तो मन्दिर का पताका है। हनुमान जी गदा उठाए। रामलीला में फत्तन हनुमान बनता है। उधर क्या है? सफ़ेद गुम्बद है। पिछली बार पोताई हुई तो सफ़ेदी में इतना नील डाल दिया कल्लन ने कि गुम्बद सफ़ेद की जगह नीला हो गया। मस्जिद के बगलवाला पीपल का पेड़ कितना छतनार दिख रहा है यहाँ से।

और ये रहा पोखर। एक तरफ़ कमल के कितने फूल। मोबीन हँस रहा है। उसके बाल हवा में फरफर उड़ रहे हैं। हवा भी कितनी ठंडी मज़े की है। उसकी कमीज़ उसकी छाती से चिपक गई है। बाल पीछे उड़ रहे हैं। हवा कितनी तेज़ है। मोबीन की आँख से आँसू बहकर कनपटी होते उड़ जाता है। मोबीन की छोटी-सी छाती में ठहाका भरा हुआ है, ख़ुशी और आह्लाद।

उधर चबूतरे पर सहला बाजी और चीनी दीदी ठिलठिल कर रही हैं। 'बैंया पकड़ झकझोरी श्याम तुम', गा रही होंगी।

मजलिस में नौहा गा रहे अब्बू 'उम्मे कुलसुम की शहादत है'।

ताज़िया के जुलुस में मर्सिया पढ़ते ताया आब्बू भाई, चौपाल में नाटक खेलते गाँव के लोग, शादी-ब्याह-बरात। सरसों का खेत

पीला, नदी पियरी में मछलियाँ, पेड़ों पर फल, ताड़ी की महक, बिरनी का छत्ता।

सब मोबीन देख रहा है। अरे ये तो अपना घर है। अम्मी हैं क्या आँगन में चूल्हा फूँकती। मोबीन जहाज़ नीचे-नीचे और नीचे उड़ाता है, एकदम छत छूते हुए। बिलकीस बानो कुड़ुक-कुड़ुक करतीं खटिया के नीचे छिप जाती हैं।

"अम्मी डरो मत हम मोबीन।"

मोबीन ज़ोर से चिल्लाता है। हवा उसकी आवाज़ पेड़ों की फुनगी पर छोड़ देती है। अम्मी बेख़बर पतीले में प्याज तलती जाती हैं।

"प्यारी अम्मी मैं यहाँ हूँ, देखो मुझे अम्मी!"

जहाज़ हवा में एक कटाव लिये उड़ जाता है। पेड़ों के ऊपर, चिड़ियों के साथ-साथ। सहारा का आदम क़द लोहे का मूरत दिखता है। फिरोज़ भाई घास पर लेटकर किताब पढ़ते दिखते हैं। मोबीन जहाज़ ऊपर ले जाता है। ऊपर-ऊपर और ऊपर। बादल के पार। घर, पेड़, पहाड़, नदी के ऊपर। हवा इतनी तेज़ है। हवा कितनी ठंडी है। बर्फ़-सी ठंडी। मोबीन का चेहरा जम रहा है। साँस भीतर नहीं आ रही। एक साँस भी नहीं। मोबीन डूब रहा है। सब तरफ़ अँधेरा है। गहरा काला। भँवर उसे खींच रही है, लील रही है। अकबकाहट में मोबीन उपराता है फिर गड़प से भीतर। काला गहरा अँधेरा। मोबीन की छाती थम जाती है।

मोबीनऽऽऽऽऽऽ मोबीनऽऽऽऽऽ

अब्बू रो रहे हैं। शायद। उनके आँसू उनकी दाढ़ी में गुम हो जाते हैं। मोबीन थक गया है।

सोने दो...मोबीन कहता है। उसकी आवाज़ हवा उड़ा ले जाती है। मुँह से बाहर कुछ सुनाई नहीं देता।

सब क्यों उसे उठा रहे हैं बार-बार। सोने दो मुझे।

अम्मी मेरी पीठ सहला दो, अम्मी-अम्मी...बाजी चीनी की रोटी...। बत्तख सब सर्दियों में कैसे जाएँगी? अम्मी बहुत दर्द हो रहा है...अम्मी जबरा...अब्बू-अब्बू जाने दो...अब्बू!

मोबीन सोता उपराता है दिन-भर रात-भर। सब देखने आते हैं, गाँव से सब। फत्तन, गोली, बुट्टन, सुभान, कमरुन भैया, चीनी दीदी, बेला दीदी, फिरोज़ भाई, बाबू साहेब...सब।

मोबीन जागता है। फिरोज़ भाई बैठे हैं। अब्बू, अम्मी और बाजी।

सिनेमा देखोगे? जल्दी ठीक हो जाओ। फिरोज़ भाई उसका बाल सहला देते हैं।

उस दिन चचरी पुल धँस गया था। पानी के भीतर उसकी लकड़ी सड़ती-सड़ती अचानक बैठ गई थी। किसी बहते डाली कुन्दे से मोबीन का सर टकराया था। जबरा और मोबीन दोनों पानी में। वो तो भला हो कलीराम का। मछली पकड़ता नाव में उधर आ निकला था। वरना तो पाताल लोक तय था।

कन्ना हँसता है। देख आए जल परी?